U0057368

AQUARIUS

AQUARIUS

AQUARIUS

AQUARIUS

每個人心中都有一座島嶼，

藉文字呼息而靜謐，

Island，我們心靈的岸。

雲端的丈夫

沈信宏

《雲端的丈夫》

目錄

之二　他

之一 她

雲端的丈夫

我的丈夫愛在臉書上分享家裡的事，他常常感謝我，用很多字排列出我辛苦的樣貌，自己躲在關於我的敘述後面，被緊密的筆畫切割出些微懺悔的氣味。搭配上傳我們和孩子的相片，不論偏正俯仰，每一張臉都燦笑著，常是出去玩的時候拍的。不常見面的朋友都透過這些相片見到近來的我們，他們幾乎忘記我們沒在笑的表情。當他們在真實的生活裡爭吵的時候，我們家那一張張微笑的臉始終緊貼手機螢幕，好像我們一直住在風光明媚的景致裡。

大家留言說他是一個會反省的人，優秀的丈夫。他們不只看見他形容的我，還從文字的縫隙竄進他迂迴的思路，拼湊他的形象。或許他們想像我正在他的護翼下安穩休眠，他們說我是個幸福的妻子，因為我所有辛苦的身影都被丈夫見證，他水潤的眼睛竟能將我浸泡得這麼柔軟，再小心翼翼地揉捏塑形，有如巧手廚師細心擺盤。我所有的汗水和淚水，必能被丈夫溫柔承接，我將不再有任何抱怨，因為那些都已經提前被丈夫寫下來並真摯地回應了。

我幾乎被他們說服了，我幾乎相信我有一個深知反省的好丈夫。

他最近才向大家發表，「妻子每天陪小孩又要做家事，所以累到感冒了。我會分擔更多，剝除曾經緊緊黏貼在身上的時間，讓已被重重割碎的妻子有更多時間，復原自己。」

他以前回家後的確都躺在那，手機像是一座隱形的戰壕，他躲在裡面就閃過任何在家四射爆裂的事物。我叫他幫忙顧一下孩子，或是下樓倒個垃圾，他雖然不太甘願地做了，但事後煩躁地聲明：關於家事，他想做就會做，被逼著做心裡更排斥，反而做得殘缺不全。所以孩子可能會在他的看顧下跌倒，可能遺漏一袋最臭的廚餘。最後那些等不到他主動完成的家事，被我在全家入睡時一一解決了。

現在既然他這麼寫了，感覺我被撿起來，捧在手心高高舉起，我似乎能享受到更多高處的光芒與清新空氣，可以毫無顧忌地指派他，讓我能早點停止運轉，好好休息。

我叫他幫孩子換已經沾滿屎尿的尿布，正在玩手機的他沒有回應，然後我又回廚房準備晚餐，過了十分鐘，孩子張胯跑來廚房，叫我換尿布，因為在保母家已紅了屁股，所以更不舒服。我問丈夫，他眼神沒有一絲挪動，「換尿布而已，不急吧，我等下再弄。」

我看見我放在桌邊充電的手機突然亮起，那是我曾按讚他貼文的後續通知，就是那則分擔家事的貼文。我記得他配一張在公園滑梯和孩子的自拍，底下的留言紛紛想像我在某處安逸歇息。

我手機裡的通知顯示他的最新回應，「應該的！」

我不知道我該做什麼，只能收回一個讚，但他的頁面仍被許多回應撐高，不斷有新的讚輕盈如飛鳥飄過，讓他能優雅地躺在雲端。我卻蹲在浴室地上清洗著孩子的屁股，火爐上滾著快沸騰的魚湯，抽油煙機呼呼作響，鼻涕吸不住一直流掛在臉上，水不斷從蓮蓬頭噴出來，我也被水柱沖碎流進排水孔，和他為我精心捏造的文字一起，隱密地滑落到地底腐臭的池沼中。

職場媽媽

我是一個職場媽媽，職場是形容詞，壓在媽媽這名詞上面，而真正的我又被撐在這些詞彙頂端，沒人看得見。下班以後，褪下我的職務，打開家門，我是一個媽媽，一個妻子。要等我躺在床上，閉上眼睛，我才把我還給我自己。

天還沒亮，我就醒了。有時鬧鐘比我晚起，正在收拾等會丈夫和兒子要帶出門的東西，還得躡手躡腳快步進房切掉，生了孩子後記性越來越差，明明剛才提醒自己要把手機帶出房間，卻又忘了。兒子才一歲多，還不會賴床的年紀，世界太新奇，他哪捨得閉眼把自己丟進深沉無光的夢裡。我不小心撞一下門，他就開始翻滾，我拍拍丈夫，希望他稍微清醒一些，防堵兒子滾下床，他覷我一眼，就把腳橫擋在床邊，眼睛很快又閉上了。

趕緊打電話訂早餐，等等丈夫開車載兒子去保母那時順便拿。丈夫上班要吃的水果、飲料和麵包都裝好了，兒子的奶裝進保溫袋。我進浴室盥洗化妝，鏡子裡的我凌亂地像床上尚未摺好的棉被。昨晚又睡不著，三、四點頭腦還轉個不停，可能先睡飽了，陪兒子從八點睡到老公十二點進房就寢，我再出去洗奶瓶、消毒、洗碗，整理滿地的玩具和丈夫吃完丟在桌上的飲料杯或空碗。

一點左右刷牙熄燈，但那盞媽媽身體裡的燈已經關不掉了，丈夫和兒子就睡在燈裡，我整夜炯炯有神地監視他們的睡眠。

頭已經開始隱隱作痛，像一條小蟲窸窣地鑽，我已經預想到一整天的工作會漸漸把蟲養大，回到家整顆頭被蟲盤踞，仍得整理剛買回來的菜，開始準備晚餐。看見丈夫抱兒子回家，還以為他們是兩條從我腦子裡爬出來的蟲。

我們一起開車出門，我下車付錢拿早餐，丈夫順路載我到捷運站。如果來得及就在車上吃完，順手餵兒子幾口吐司，再把丈夫的早餐分袋裝好。下車時和兒子揮手再見，時間將我們的分別擠壓成匆匆一瞥。我在捷運上只想著一件事：兒子最後那一聲哭叫，是不是迤邐了整段車程？丈夫會受不了的，他開車哪能分神安撫？記得等會打電話問。

我走進幼兒園，準備迎接一個個來上學的孩子。我喜歡小孩，試著朝他們窄小的瓶口丟進更多東西，所以我帶他們去戶外遊戲場奔跑遊樂，圍坐在木地板上說故事，或是完成一個純真但充滿創意的藝術作品。我負責裁剪捏塑他們的生活，所以陪伴他們吃飯、洗漱、睡午覺。他們喚我老師，吵吵嚷嚷的有些刺耳，但我都微笑以對，像收到一個個小禮物。有些孩子叫我媽媽，或是說要娶我當老婆，我會明確地糾正，「我是老師喔。」

孩子們都午睡了，我也躺下時，想起已經是九月一日，薪水入帳。下班要匯轉家用費、提領保母費，該繳納的水電、電話、管理雜費也得領出現金。有些信用卡帳還沒清空，考績獎金不知何時入帳，等戶頭裡錢夠多的那一天才能撫平心裡那張彷彿被捲弧了的圖畫紙。

放學時，跟接孩子的家庭主婦閒聊。看我累，問我怎麼不請育嬰假，專心當媽媽。我說沒錢怎麼養孩子，她又問丈夫做什麼工作，我嚇一跳，以為該聊聊她孩子最近學習狀況、輔導方法，沒想到丈夫兒子乘機從問話裡竄出來。我站在這裡，反倒像是被他們倆拖來，顫巍巍的，隨時會被他們推倒。

女人結婚生子之後，職場變成泥沼地，讓人步伐沉滯，泥水淋漓，每一步像被丈夫兒子用四隻手重重拽著。工作以前扎實地淤填在我心裡，現在它穿過去，然後墜入我皮包的提款卡裡。

孩子都回家之後，我脫下戴了一整天的口罩，摺了幾摺，把所有病毒留在垃圾桶裡。用學校的電話打到保母家，問今日兒子作息與進食狀況。今天手機又忘了拍學校的孩子，因為得空拿起手機，就點進相簿看兒子，或是傳LINE給丈夫，快睒上的眼睛被手機光照得眨巴眨巴，就又睜得開了。

我被生活包圍，他們父子倆就乘機滲進我身體裡，用我的鼻孔喘息，用我的汗水流汗。但我也用丈夫的胃飽食，用兒子的成長喜悅。

回家路上買丈夫今晚和明天要喝的飲料，再買菜和水果，手提好多袋，電梯升降繩索像綁在我臂上來回摩擦，就是不快開。媽媽也是我的職場，做了一道新菜，偷偷觀察丈夫吃下第一口的表情。等餵完孩子，我一邊吃，一邊將丈夫的剩菜量換算成他的接受程度。

晚餐後帶孩子去散步消耗體力，回來時丈夫已經睡一陣，他上班累壞了。我幫孩子洗手，最後挪出一手掬水沖我的臉，洗去扎在眼皮底的汗。讓孩子玩玩具，提醒他小聲，我再去準備他的睡前奶、尿布和牙刷，還得換一套衣服。

要哄孩子睡時丈夫醒了，去書房打開電腦，光照在他臉上，他還是這麼年輕好看。上身赤膊，那些以前就在的刻紋沒有被時光風化，他還是他自己，做著他愛做的事，追看他愛看的影集。

然後我就睡著了，那是唯一我成為我自己的時刻。

十一點多我被兒子喚醒，他坐在黑影裡發呆自語，想必是睡前奶沒喝完，現在餓了，想再把他拍回睡裡，沒成功。到十二點丈夫還沒進房，我到書房，他跟我說他寫了關於我的文章，職場媽媽的辛酸，要我快讀。我跟他說我好想尿尿，還得泡奶給兒子喝，可不可以請他去顧兒子。

等他們倆都睡了，我再去洗澡。今天丈夫小睡沒時間讓我先洗，洗完精神又被洗亮了，如果真睡不著，到時候再讀丈夫的文章吧。他懂職場媽媽嗎？他知道職場媽媽連睡眠都是戰場嗎？我生活的每分每刻都是職場。

會不會

丈夫唯一會的就是不會，這是十分高深的技巧，明明體內蓄滿負號，卻能全部兜到表面抵銷為正，把不會展演得很會。像一張脆薄的紙，疾速一抽，也是能割傷人的利刃。

我什麼都要會，會煮飯，會幫小孩洗澡，會泡奶，知道要去哪裡買便宜的尿布奶粉，記得丈夫新買的格紋襯衫收在哪裡。會太多了，這些技能匆促拼接，像一落急著交疊的Ａ４紙，無法對齊，邊緣總歧出不少斜縫，讓「不會」的樣子乘機穿滲出來，最後不堪地散落一地。

今天晚上要去餐廳吃飯，丈夫回家之後就躺在沙發上不動，兩個孩子已經越長越大，他不會的事越學越多，退到遠方，徹底成為一個清高的旁觀者，讓他能厚顏堆砌這般失敗的姿勢。

我先準備好孩子的晚餐，盛碗裝袋，備妥餐具。他們太小，外面的食物過油過鹹，吃一些嘗鮮即可，吃多往往腹瀉。丈夫不覺得那麼嚴重，總是對孩子展露無害的微笑，溫柔地遞給他們過多的薯條和紅通通的義大利麵。

丈夫可能等太久，預約時間不斷迫近，他焦慮地站起來想做些什麼，猶豫一陣喊兒子來穿外套、襪子，披上外套之後，找不到襪子，問我之後才急忙找來穿妥。剛戒尿布不久的兒子突然想尿，他陪兒子走進浴室，協助他踩上小凳，兒子走出浴室後，跑來找我哀叫襪子濕了。

女兒蹲在玩具櫃前說她大便了，丈夫皺眉搖搖頭說：「等媽媽換。」所有事情弄好出門之後，丈夫刻意點開手機的時間，晃來我眼前，再用二十秒，以低沉有禮的聲音打電話給餐廳延後時間。

在餐廳，我習慣快速決定好要點什麼，等丈夫思考和上菜前的時間將兒子的飯餵到剩一半，女兒吃飯比較慢，得一直訓誡、警告她。丈夫安靜地低頭看桌上的手機，像朵蔫敗的花。上菜之後我立刻酌量分給孩子，避免他們吵著要吃，然後繼續餵，繼續罵人，趕在女兒吐飯之前用手掌接住，一邊在五分鐘內吃完我的部分。

最好要在丈夫吃完前餵完，別讓他等。今天女兒可能下午在保母家點心吃多了，胃口不很好。丈夫看手機的姿勢開始變換，單手支頤，整張臉向下拉垮，手機的藍光再替他罩上一層陰冷的膜。

正當我猶豫要不要就此放棄，還是要挑出蔬菜讓女兒吃完的時候，丈夫奪走我的碗，半身越過桌子，大臉欺壓到女兒面前，她嚇到嘴巴微張，丈夫挖超大一匙塞進去。女兒想躲，他就瞪大眼睛攫住她的手，即使一直乾嘔，再被憤怒的鼻音逼著吞下去。在前所未有的威勢下，她一下子就吃完了，眼裡蓄滿不斷向我濺射的淚光。

丈夫把空碗推給我，像豪賭客一口氣推盡籌碼，自信滿滿，覺得和我的對局，他必勝無疑。

丈夫先走出去了，我狼狽地收完東西抱起女兒，在她耳邊輕聲安撫。兒子在我腿邊等我一起結帳，再牽著我出去，他沒看到坐在餐廳門口椅子上滑手機的丈夫，好奇地抬頭問我，「爸爸會不會……」

我抿唇撇向丈夫的方位，回答：「不會。」

不滿

老公吃完飯，碗丟著就去上大號，我知道他想躲。

我已經不會再叫他幫忙餵孩子吃飯了，他吃飯要配手機播放的影片，不能像我一邊餵他們吃，一邊自己快扒幾口，我已經能熟練地抽換擺在身邊的三個碗，自由變化餵食的手勢與說詞。有時吃到一半湯還沒煮好，兩個孩子被我丟在餐椅上，小的看不見我會哭嚎，他或許也想躲開這狀況吧。

他進去很久都沒有出來，即使他們已經陸續吃完，他依然藏在門後，我把孩子抱下餐椅，洗淨他們油膩的嘴巴和沾黏飯粒的手，他們還分別用不同的玩具占領地面的剩餘空間，他在那彷彿時空定格，沒有任何動靜，只有手機影片蒼蠅般在空蕩廁所裡飛鳴碰撞，然後穿過門糊成雜訊一般的聲音。我們在另一端像被快轉，景貌站位快速變換，那像是一扇穿梭時空的門，如果他出來之後，會不會他依然是一個青年，在外面的我們卻已垂垂老矣。

會不會裡面已發生一場無聲的意外，會不會他根本不在裡面？我沒時間去問他，大的曾去扭開門，再惡作劇地用力踢開，門只被撞出一條小縫，透出暈染濕氣的陰冷白光，沒見人，孩子後來沒再找，好像他其實不在家。

玩一陣子之後，我們準備去睡覺，廁所的聲音似乎識相地變小了。我先哄睡了小的，躺在床上陪大的，終於聽見開門聲。廁所就在房間旁邊，臭氣立刻浸滲進來。大的說他大便了，我抱他去廁所洗，看見馬桶裡有沒沖乾淨的殘渣，在白淨凹槽裡水母般翕張著。我再按一下，幫他沖乾淨。

我走出廁所後抱著孩子向書房瞥，他帶著耳機，動也不動，手機吸走他靈魂所有的光，將他眼睛掘出兩道空洞。我叫他，他沒聽見，聲音在房間和他頭顱裡來回敲撞。電源線接著手機，也像在充他漏盡的電。

我轉身離開，他在放空，在我煮飯時他被困在客廳陪孩子，那就是他的極限了。快速地吃完飯後，他裡外都被徹底裝滿，我們必須等他的煩躁消失。

等孩子都睡熟了，他進房睡，再把積累的睡意放盡，變成一具成音悶重的空殼。

確認那堵身體和床底的圍欄形成緊密的夾角之後，我走出房間，我不曾感到煩躁，我的食道比較曲折悠長，肚子能慢慢塞入大量大便，奶頭刺痛也可以持續讓奶在裡面囤成硬磚。瞥一眼，手機的電量還很滿，可以明天再充，睡意也可以一直在身體裡滴儲，直到把碗洗完、垃圾倒完、繳完截止日前的各項雜費、洗完澡、擠完奶、收摺好衣服、晒完衣服之後，再放流它淹沒我。

然後大小哪個半夜一哭，夢還未滿，我得立刻排山倒海地彈跳起身，塞奶嘴輕拍，就怕吵醒其他的。

那時我又會告訴自己：我是母親，我必須是一個沒有刻度上限的容器。

※本篇獲二〇一七年第十三屆林榮三文學獎小品文獎。

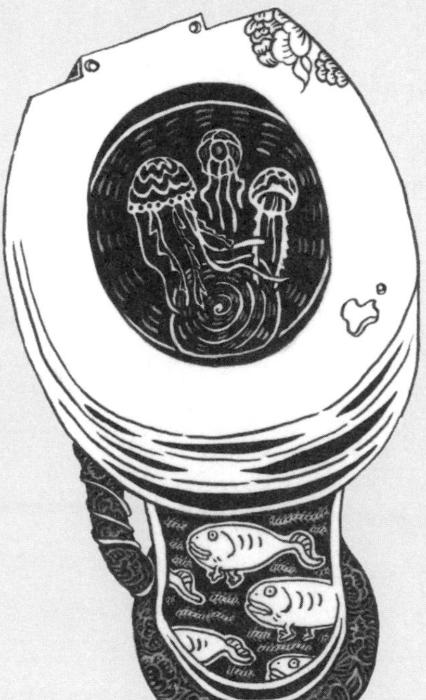

不依

有天陪丈夫買衣服，服飾店裡面太多人，我抱女兒，偶爾牽住兒子，偶爾他消失在他人雙足交叉的叢林裡，只聽見他毫無節制的尖笑聲。他常常躲在成排的衣物底下，或是櫃子的縫隙裡，標著價錢的新衣被他拽拉得像家裡的窗簾，為了挪出空間容身，把架上的商品全掃到一邊，女兒被時隱時現的他逗得哈哈大笑，兩個人的聲音拔尖在高空迴竄，沒被店裡嘈雜的音聲覆蓋，將附近人們的好奇眼神一整把勾串上來。

怕店員責備，我把兒子扯到店外，他不依地哭叫，聽不進勸告，我只得走到更遠的地方，儘管他想趁我不留意衝回去，但人潮洶湧，他探頭已經找不到塞擠在深處的丈夫。

剛剛陪丈夫在男裝那半區走過好幾趟，大概猜得到丈夫在哪。完全沒走進女裝區，即使遠遠看到喜歡的，也沒辦法前去翻出吊牌。即使看到價格，我也沒有多餘的錢能用在自己身上。即使有錢，也沒有多餘的時間試穿與結帳。

我手抱痠了，稍微挪換姿勢，剛剛為了讓丈夫方便挑揀而幫忙拿的紙袋和飲料杯滑脫落地，趕緊低頭收拾，已淌出的一灘茶漬就沒辦法了，悄悄故作無視退開，兒子趁沒人牽一溜煙跑遠。我站起身，著急高聲呼喊，嘈雜的走道被我撐開一條聲音的縫隙，所有的人一瞬間靜下來眼角瞥我，唯獨兒子背對我站在玩具店櫥窗外，專注盯視巨大的公仔，我失焦的心立刻熨貼在他的背上，聲音一下子又如海潮撲湧上來，畫面繼續快速流動。

鬆一口氣，我卻覺得我是赤裸的，因為連我自己，都只是別人的衣服。

一直都是這樣，等丈夫買完，我不再有力氣抱女兒到其他樓層遊逛。絕不能放下女兒，一旦落地，她立刻拔腿狂奔，像燃響一根彈射的炮仗。除非孩子的衣服特價，再撐著挑幾件，丈夫一走進童衣店櫃，小尺寸的衣服裹不住他的耐心，故作姿態巡繞一圈後，就在我耳邊叨念，逼我快快決定，他的眼神失去支點，像倉皇飛舞的蒼蠅。

我擺弄衣架，比照尺寸，視線卻穿透衣服，金額數字浮在眼前精細運算，衣服算是額外的開銷，雖然穿新衣的孩子可增添無以計量的可愛，我仍得緊密控制，不少也不能多。

想趁孩子都睡熟的深夜替自己網購，點開尺碼表，記得的全是舊尺碼，腰圍胸圍和肩寬數值，迴匝出一條窄小的通道，我再怎麼吸氣收腹，已經沒辦法穿越過去。最後仍只能點開童裝網站，為心中清晰的孩子試穿那些標致的衣飾。

我的大肚子始終沒消，堅韌而有彈性的圓弧下緣，擠開好多捨不得丟的褲子。每日不斷裝填，脂肪被沉壓墊底，按兵不動。每次吃飽時彷彿像彩色氣球皮流轉出幻異的油紋。盛裝的食物不易消洩，因為只要我精神緊繃，全身孔穴同時閉鎖，腸胃戰戰兢兢地縮身，暫停動作。即使逸出片薄便意，緊密排列的時間板塊立刻將它壓滅。

我像是只入不出，一條單行的絕巷，迷途的陰魂在深處不停飄蕩，囤積不散的怨氣。

即使不能讓我買新衣服，我的衣服依然日日減少，躲進沒人翻探得到的衣櫃深處。

有些太年輕，恍如過去的夢，輕飄飄且容易斑黃碎裂。有些則是不小心被推到後面，摺衣收衣時通常很趕，覷見衣櫃裡歪塌的殘局，只能再用這一批剛洗好的衣服填蔽，一直想抽空全翻出來重摺一遍，說不定能拾回一些遺忘許久的衣服，但每天永遠有更急迫的家事要做，孩子和丈夫只要回家，他們張口便鳴響哨音，逼我向前衝刺。

所有繽紛夢幻的念頭，到最後都失序地擠在衣櫃底層，漸漸昏黃，失去彈性，蟑螂在附近下蛋，灰塵攜手編織成棉。是我自己心口不一，心如禁錮的衣櫃，嘴巴卻痴痴大開，每天勞乏到只能以吃提神。晚餐後沒多久就陪孩子在床上一起張口昏睡，半夜被沒消化完的食物頂撞得喘不過氣，一再流瀉出含有複雜意味的長嗝。

低頭避鏡，努力說服自己的皮膚不曾拂上輕柔幻美的霓裳羽衣，始終像現在，穿著襤褸粗衣如罩針氈。

上班時同事曾聊到衣服重複的問題，她自己也常穿重複的衣服，因為體形侷限，所以全是深色寬鬆的形式，讓身體得到更多安然隱蔽的陰影。她認為好衣服不該穿來學校，容易髒，不方便，假日出門遊玩才換上漂亮衣服。

單身的她，自然覺得我也是如此——衣櫃裡積藏著神祕華麗的衣飾，等到放假，便煥然翻新，妝點齊備，披掛綢緞水袖上奔星月，在遙遠天宮擁有閃閃流光的家庭生活。

我全部的衣服，其實都層層疊疊地緊緊地包覆在我身上，像纏捲蔬果的全彩報紙，幾個步伐與轉身便一目瞭然。

這個祕密，已經被一個家長知道。好幾次在校外遇到她，我剛好穿同一件衣服，初始覺得尷尬，像在她面前敞開我凌亂而枯瘠的衣櫃，或像是洗完澡，赤裸推開門，發現她就站在門外。

後來常看到她來接小孩，穿得也是一派輕鬆的樣子，並不避諱重複。頭髮隨手圈束，幾束流絲飄蕩在外，像沒擦乾淨的鉛筆描線。後來我便沒那麼彆扭了。穿什麼都沒關係，衣服只是比較鬆弛的皮膚，褪去多餘的綴飾，和生活肉搏過後，一個敗者拋下自尊最舒坦的姿態。

但只要我穿那件她看過的衣服，不知道是不是我的錯覺，她的眼神總停留略長些時間，長到暈糊她長久固定的行動步驟，再無法預料下一步會做什麼。我的衣服彷彿有生命地鬆開絲線，試圖將她編織進來。我幻想她為了抗拒，下一秒就轉頭狂奔離開，把小孩丟在教室。

最後什麼也沒發生，我們只是眼神輕碰，齒輪旋動，跳格聲響，安分地嵌進彼此的軌道。她被小孩牽著，一路用熟悉的爽朗聲量回應小孩的問題。我如薄紙，繼續被相同衣服的版模快速刷印。

我在假日並沒有穿漂亮衣服，常常埋在舊衣堆裡，洗不完的衣服。

我必須趕緊洗衣，否則衣服會不夠穿，丈夫孩子都不急，衣櫃打開，還有無數絢麗多姿的選擇，慢悠悠地翻揀，灑脫抖出再隨手揉入，輕易崩亂我耗時雕砌的秩序。最初是丈夫負責洗衣服，漸漸我洗的次數增多，等洗衣機奏起歡樂的結束曲，我掀蓋晒衣，他才充滿歉意地趕來接走我手上的衣架。後來他常常忘記，丟著洗衣槽一球濕衣滾出凝膠狀的臭味，重洗才可以沖淡。

最後又是我晒我收。他完全棄守，衣服從他眼裡全面撤退，不再指望他摺疊收藏。我被自己少少幾件衣服吞噬更多時間，他得到更多時間去網路或商場購入更多衣服，簡直建造了衣服的暴政，我被迫簽下扭曲不公的條約，兩人衣服的貧富差距因此越拉越大。

我持續挪出衣櫃的空間，放備用代換的床單被單，因為兒子開始練習戒尿布，容易尿濕，再多買了幾套。再放別人送的孩子較大年紀才能穿的衣服，以及我們自己淘汰下來、待送人的衣服，甚至還有預先買好的成串尿布，也都暫放在我的衣櫃。我的衣服從各處收縮聚合，像吸氣提攏的腹肉，過分壓疊使衣物變形，圖案錯接，色澤淆亂，有如一鍋煮破的水餃。

這些衣事必須趁孩子短暫的睡覺時間才能匆忙完成，像憋氣划水，孩子醒來只能漫長地苦行在他們壯闊無垠的大陸。

好不容易在零碎的時間裡洗完兩輪衣服，包括孩子的衣服以及丈夫大量的白色衣物，直到最後的週日夜晚，洗衣機裡終於投進我的衣褲和丈夫的雜色衣褲。

這天晒衣時突然想細看，才驚覺我的衣服將時空裡所有漂浮的汙漬兜掖進來，勾裂、脫線，筆跡和醬料或飲料漬，散落各處。之前沒有發現，暗夜中懸掛得高又遠，穿起時暗藏在下襬或背面，領口則是逼得太近，眼神無力彎折檢視。其實汙漬的色澤薄淡，沒那麼刺眼，但看來就像抹泥灰的牆，暗撲撲的，光線被濁汙的面料吸附，來不及帶出任何鮮豔的色彩。

手一陣刺痛，剛剛洗碗時水冷，冬天乾燥，皮肉再度綻裂，披晒衣物時濕氣鑽刺。接著打一個大呵欠，隱約嗅到內臟底部澱積的朽腐之氣，也可能是齒間嵌綴的渣屑，因為常陪孩子入睡，醒來之後被窗外大亮的陽光嚇到，懊悔又錯過一次睡前刷牙。白天已站一整天，煮飯、家事、陪小孩，現在又得踮腳，才掛得上衣架，每次綳牢腿肚的肌肉，都像凝凍成冰，輕輕一擊，筋肉將碎散成無數微晶。

不能停下來，如果暫歇片刻，仔細呼吸，乘著身體的起伏，我一定會立刻睡著，像置放一旁幾秒便自動切為待機黑幕的手機。

洗完衣服之後，彎腰四處收拾，才發現有幾件穿過的髒衣被壓在椅子或沙發裡，混在還想再穿、沒那麼髒的衣服底下，忘記洗，皺成一團，氣味像被壓縮在保鮮盒裡，湊近鼻子有如掀開久閉的盒蓋，醱酵出與身體截然不同的味道。

丈夫睡到一半出來上廁所，我捧著髒衣服，猶豫要不要再去各處搜刮，湊到再洗一輪的分量。他看到我只說：「我以為妳睡在裡面。」他定神，再打量我手上和身上的衣物，皺緊鼻頭，像聞到臭氣，「妳還沒洗澡？都這麼晚了。」

我還沒來得及回答，他就回房睡了，他是那種一躺下去便立刻入睡的人，房間裡冷氣低聲嗡響，我不敢走進去找門後掛勾是否也有幾件被遺忘的衣服，怕晃蕩孩子和丈夫凝固的睡眠。

我看著剛剛為了晒衣服而收進來的衣服，凌亂地堆在沙發上，我還得洗澡、洗碗和奶瓶，如果再加上摺衣的時間，可能拖一個小時以上，我決定明天有空再摺。即使知道那些衣服在原地沉澱，擠壓出地層般疊複的紋路，頑固地伏守在深層的濕氣會膨脹，推開洗劑披拂的香氣。

客廳看起來很雜亂，地上還有一些孩子睡前玩的玩具，關上燈，我躲進浴室裡，洗完頭，隨便吹，包著毛巾，已經無力控制明天紊亂的髮況，擠進房裡顯得狹窄的睡眠裡，緊緊閉眼。

明明急著睡著，什麼也不想聽見，卻還是清楚聽見外面風大，衣架掉下來的聲音。不想起身去撿，卻禁不住猜想是哪一件？或許是剛剛發現後領有破洞的那件，領口本來寬大，穿久更加鬆弛，抖出一圈波浪。

當時猶豫該不該丟，仍決定掛上衣架，勉強勾搭在顯得窄小的衣架邊緣，急晒就懶得夾上夾子。這件黑色水玉點點衣服已成為我的每週慣例，穿上它多像打開一瓶汽水，氣泡溜溜滾滾地簇擁，心情也跟著上騰飄揚。

衣服在衣架上被風吹動，風灌進去，彷彿化身成人，困在重重交疊的支架上，隨時可能滑脫，卻又被邊際的止滑膠條磨住，哪裡都不能去，長長衣袖順風左右甩擺，恍惚之間，竟覺得它多像是個撒賴不依的少女。

現在它或許已徒然落地，跟角落擱置的拖把抹布一起陰沉地積攢潮氣。我沒起身離開房間去撿，只想趕緊將意識驅離我疲憊得處處發疼的身體。

越遠越好，越久越好，睡進永恆的黑夜，不讓星期一的陽光再照過來。

黏

我叫丈夫貼春聯，他放下手機，翻找家中幾個抽屜，說沒有雙面膠，只找得到膠帶。我覺得膠帶貼四角破壞畫面，就像是傷口上凸起的紗布。叫他去買，他懶懶地剪下一條，兩端反黏在背面，搭起一道鬆軟的橋，留下較長的黏膠部分可以貼在牆上。

「這樣就可以貼了，不用買。」他低頭再剪一條，聲音沉穩，刻意掩藏許多智慧一樣。

其實他只是不想出門，就算放假，早餐、買菜之類的都是我背著孩子出門買，他起床之後會躺在不同的地方，躺膩了床，就躺在沙發上，我和孩子都看不見他的眼睛，因為被高舉的手機擋住了，那像是他的眼罩，他仍然在他五彩繽紛的夢境裡優游。

他一定覺得雙面膠太麻煩了，得蛻下一條蜷曲的白膜，握在手中不方便接下來的黏貼動作，丟在一旁又四處彈跳，隨風翻捲，像一條苟活竄逃的蛇。而且一不小心，就沾黏到自己，撕下來黏性會折損不少，因為一部分的自己，像皮膚上的油脂或纖毛，都被頑強的黏膠竊失了。

他動作輕巧地黏好四個端點，大多時候他注視著手機裡播放的影片，卻沒有任何一條膠帶如被揪住尾巴的蟲，歪扭著凹下摺痕黏住他。他貼好一張，就躺著休息一會兒，孩子一直被抱在我手上，如果感到手臂痠累，偷偷將他放在丈夫身邊，孩子又會立刻哭著跑回我大腿旁，好像還沒被我完全生出來一樣。等到我煮完飯、餵完孩子、給孩子洗了澡，他才貼完。

他彷彿工事浩繁地砌了好幾面透著喜慶的磚紅方窗，快速地吃完飯、洗澡，筋疲力竭地倒臥回床上。我整理被孩子和丈夫弄亂的家屋時，仔細觀察，發現紙背浮著一條細縫，壓下去還有輕微的回彈力道。孩子在我懷裡伸出手想撕，小巧的手指輕易就鑽進縫中，我趕緊抽遠他的手，他開始不悅地大哭。

後來我進房哄睡孩子，他還是嚎哭不止，我不耐煩地斜瞥安臥在床上的丈夫，叨念他的事不關己。我們都得在同樣時間上班，為什麼我的睡眠卻得貼著這把夜啼的刀，清晨被鬧鐘叫醒的我總是比他殘破而憔悴？他把孩子抱去，力道強硬，有種明知故犯的姿態，果然孩子哭聲更加響亮，我像是孩子淚水的蓋塞，一離開我，就傾倒流洩不止，總是淹回我腳邊。

他把孩子塞回我手上，哭泣終於停止，小小的眼睛先確認自己的位置，再充滿敵意地回視丈夫，確保彼此的距離。丈夫抿緊嘴唇，他完成了所有預想的動作，五官歪斜出嘲諷的斜角。他像撕下一條膠帶，將兩端黏在嘴角，然後貼上我，堵住我口中所有的抱怨，最後再一言不發地躺回床上，接續他漫長的睡眠。

孩子在我手上，我繼續在床邊緩步輕搖，將孩子慣聽的入睡曲哼在喉嚨裡，丈夫先睡出低厚的呼吸聲，孩子不安的眼睛滾動一陣子才穩穩闔攏。即使我覺得背突然很癢，也不能伸手撓，要再多搖幾分鐘，讓孩子蓬鬆的睡眠更緊實。才發現這孩子像膠帶緊緊捆住我，每日每日，一圈又一圈，我們只能和彼此黏貼在一起，不像雙面膠，可以有另一面黏上另一個人。

丈夫就這樣逸脫在外，沒有任何束縛，我必須更用力地注視他，但他的身形卻越來越模糊，像一隻飛遠的鳥。

孩子睡熟之後，我悄聲出房洗淨奶瓶和水槽的碗，發現一張福字春聯被丈夫沒關的電風扇吹落，果然黏不牢啊，一張張虛浮不實的吉祥話。還是得抽空去買雙面膠，自己重黏，把所有事情都攬在自己身上，裡裡外外、時時刻刻。

不黏

我本來很黏的，後來不黏了，孩子和丈夫就從我身上剝落，像失去水分而黑透的豆莢。

這個晚上，孩子睡不好，敞開的嘴一直沉不到夢裡去，在水面嗆噗出不同的雜音，不斷翻滾，就是找不到一個正確下潛的姿勢。我很累，塞過幾次奶嘴，知道孩子可能餓了，實在不想走到廚房泡奶，開燈開水會同時擻醒視覺和觸覺，驅散那一團好不容易兜攏的綿軟睡意。丈夫本來睡得很沉，但我幾次上下床，他浮起的意識開始扯動他穩固的身體。

明知正在戒親餵，還是把孩子抱到床上，掀開衣服將乳頭湊近孩子嘴邊，我可以感受到裡面的奶水漸漸退潮，密布的腺管抽空縮癟，常常脹硬的胸部頹垮下來，乳頭濕潤的裂紋重新綴合，山海大規模地在我小小的身體裡挪移遷化。如果孩子使勁含咬，還是會喚醒初眠的乳汁，讓它恍惚地滴流出來吧。親餵實在方便，不用手忙腳亂地調動各種器械，唯一要清洗的只有自己。

孩子咬幾口就生氣，原本迷濛的眼神和聲音瞬間刷清，揮舞手腳厲聲嚎哭，把我的乳房推遠，像推倒一座乾燥的沙堡。我想起他的手曾經緊緊承托，嘴邊曾經沾滿黏稠的乳汁，酣睡之後吸吮的嘴鬆開，卻仍勾著一抹飽滿的微笑。現在奶水枯涸，風一吹來，那些如砂粒沾黏的記憶就全飛散了。

我懷疑我是不是真的沒有奶水了，竟會褪失地這麼快，還是孩子太懶惰，吸過源源不絕的奶瓶，就不再和我湊在一起地大汗淋漓地喝奶。我將孩子抱出房間，丈夫眼睛睜開幾次，卻沒有完整拼好一個表達關心的眼神，總是立刻糊散闔滅。奶泡完，瓶身仍滾燙，仍要泡在涼水裡緩緩降溫，孩子卻在懷裡越哭越燥熱，頭髮都濕了，我突然感覺胸前衣服濕熱一片，以為是孩子的汗水，但挪開一看，乳頭前端撐開兩張黑傘，幾聲呼喚，來回撞擊空洞管線，乳汁就這樣被回響的轟鳴聲震盪出來了。

我站著嘗試再將有香氣的乳頭塞進他嘴裡，他撇頭，再將被我悶住的哭聲滿格釋放，嘴角牽出黏稠的長絲。

原來我還黏著，孩子卻已經不黏了。

他離我越來越遠，我可以贈與他的東西越來越少，先是翻出我胸前起伏的丘壑，再來就是跨出腳步步入繽紛先進的時代，首先迎面而來就是層層科技研發、臨床實證的親和配方奶粉，小小一滴增倍多少營養，細細分剖塞飽每一粒分子。他身上溫濕的羊水已經完全蒸乾，體內的熔爐開始自行運轉，彷彿重新穿戴一層改良的強裝甲，身上依然飄出奶香味，卻已是他人精心釀造。

我在暗黑的客廳餵完孩子，所有哭聲再也無法從灌滿奶液的管道裡逆流而出，我才走回房裡搖抱著他逡迴幾趟，等他睡熟，輕緩放回嬰兒床，不製造任何足以搖晃夢境的波瀾。

哄睡孩子像剛做完熱身操，運用四肢、腰部拉伸，我全身都醒了，一直站在床邊，盯著丈夫赤裸的上身，影像持續輸入，終於連通身體裡某個封閉許久的暗室，突然覺得燥熱，生完孩子後很久沒有碰觸他的肌膚，也想用我疲累的喘息覆蓋他過於規律的呼吸，我沒有躺回原本比較遠的位置，直接攀附他的手臂，嘴唇貼著他的脖頸，呼出的氣息被他的血管烘熱。他先是被我的髮絲刺癢，扭動幾下，發現半邊身體被攀著，不太自由，才慢慢醒來。

我抱住他整個身體，一隻腳也攀上去，但他翻個身，背對著我，又高高架立睡意的暗影，我的手腳被他突然隆起的山峰推落，我再將手探近他的腰際褲縫，他立刻抓住我的手向後拋，我反抓住他的手，一起貼近我許久沒有這麼燥熱的身體。

他翻身回來，一臉被打擾的憤怒表情，小聲地說：「之前不是試過了嗎？太乾了。」

我吻他，才發現他的口腔如此乾燥，我潮濕的舌頭甚至可以感受到他乾裂的喉管亟欲啜取水分的吸力。他無奈地任我親吻，我卻始終翻攪不開他冷硬的舌，我也隨之枯涸，我探測到他此時的空盪，他已經習慣徒手旋鬆所有衝刺的零件，定期把自己放乾，才可以盛裝他不斷湧出的欲望。

睡前他就關在廁所裡許久，我經過時曾瞥見他在看影片卻毫無聲息，我在房裡餵奶換尿布，忙碌地為孩子做各種睡前準備，他就將門關攏，安靜地浸泡在偶爾的沖馬桶聲與蓮蓬頭水聲中，彷彿正肅穆地執行一場神祕而濕潤的儀式。後來我走進廁所，果然一地濕亮，他卻已渾身乾爽。我討厭這種踩在水窪裡的感受，像踏入一個女人濕滑的內裡，似乎有無數根汙穢的菌絲乘機攀附上來，坐在還殘留他溫度的馬桶上完廁所，我趕緊離開廁所，關門，打開抽氣開關。

我離開他的身體，把頭翻回自己凹陷的枕上，丈夫鬆一口氣之後馬上熟睡，累壞了一樣。我拉高自己的棉被，手偷偷探入下體，發現那裡剩下一塊逐漸退去的濕氣，像塗好卻忘了黏貼的膠水，逐漸朝中心收皺。

我一直都黏，婚後為了生孩子和丈夫的身體纏縛在一起，緊密地吸附住他，產後分泌黏稠的乳將孩子慢慢地充飽餵大。但斷奶之後孩子依附奶瓶奶嘴，丈夫也不再迷戀我的身體，他們以為我上上下下完全失去養分，徹底成為一株枯槁的樹。他們從我身上熟落之後，不像我最初以為的，成為乾癟的豆莢，他們依然是蓬勃的種子，帶有黏性，四處翻飛，若找到新的落根地，飽滿的欲望隨時都要爆裂抽芽，且源源不絕地更新運送，自體內向外抽長莖幹。

我其實依然存有黏性，點點滴滴持續從我的身體溢流而出，有如持續在隱密的角落結網的蜘蛛，只要輕微的觸碰，賁張的大網就會柔軟地偎墮在那一隻朝我伸出的手上。但我卻始終被空置在原地，身體各處腔穴底窪日日向更深處坍落，欲望的回聲變得幽遠，蛛網再黏附不到任何事物，最後只能孤絕地斷裂，在風中悠悠垂擺。

我翻來覆去，實在睡不著，應該是一直掛記著孩子剛剛喝完的奶瓶，還有幾顆哄孩子時掉落在地上的奶嘴還沒洗，躡手躡腳地下床，清洗完所有東西，小心翼翼地置入消毒鍋，避免發出玻璃清亮的碰撞聲。再走到客廳撿拾散落在地上的玩具，在黑暗中指尖碰觸到地上沙沙不平的觸感，我便在家裡積塵的角落四處翻滾，渾身黏滿塵土，像我手上用來擦地的抹布。我跪在地上，終於擦到靠近門邊最後一塊磁磚，抬頭一望，夜晚的黑布也被我扯落，整張披掛在我身上，此刻我終於失去所有黏性，化作面料光滑、毫無空隙與凹槽的塑偶。

丈夫抱著孩子走出來，初綻的晨光從窗外斜射在他們身上，讓他們通體發亮，像一株凝出露水等待晞照的植物。孩子的眼睛被光扎刺得睜不太開，嘴巴卻骨裡骨碌地含咬著奶嘴，比平常更起勁。丈夫的褲央高高撐起，彷彿又有人在裡頭生火野營。他們兩人的欲望果然永遠膨脹，又是嶄新明亮的一天。

丈夫眨眨眼，終於看見低伏在暗影裡的我，詫異地說：「喔，妳在這裡，我剛沒看到妳。」

丈夫將孩子轉託到我手上，就匆忙地跑進廁所，接著是洶湧澎湃的瀑聲。

「他餓了，我也餓了。」他的聲音悶在廁所裡再減遞過來，聽起來潮濕而黏稠。

然後我聽見我說好。

負責吃的人

我們都是負責吃的人。

六點了，我還沒決定要吃什麼晚餐。假日最煩惱的就是該吃什麼。大人的好打發，但兩個小孩不能隨便吃，平常都是娘家媽媽幫忙帶，再幫忙煮好晚餐帶回家。還好今天中午已經煮好稀飯，小的可以直接吃，大的得再買些有味道的搭配。

我是家裡負責吃的人，張羅每一餐，煮飯或買飯。今天中午已經自己做飯，晚上通常不能再煮，因為我做飯時老公得負責顧兩個小孩，一餐就已經讓他不耐煩地催好幾次，兒子開始因為被破口大罵而號泣。晚上如果再讓他困在兩個鼠竄的孩子中間，不只他受不了，我做菜的節奏也會被他們偶爾傳來的聲音打亂。兩歲的兒子已經在吃老公剛打開的零食，不快點決定，他們肚子可能會先被這些垃圾食物填滿。我們住在光華路，多好的位置，幾家百貨都近，可以開車全家出動，冷氣無縫接軌，各國美食花些時間排隊候位就能享用。但現在接近月底，美食街或餐廳都太貴，一人都要兩百元起跳，吃一頓，剛領出來的千元大鈔瞬間解體成稀疏的零頭。而且去百貨吃，全家會直接在琳瑯滿目的商品間飯後散步，兒子又吵著買哪個玩具，老公又忍不住買了哪件衣服，永遠守不住的支出預算。

更何況開車本身就是很燒錢的事，汽車油錢比機車貴太多，最近車子得保養，剛收到牌照稅的繳費單。帶著兩個小孩又不可能不開車，平日接送、假日出遊，就這樣把我們的錢一張張捲進不停跳轉的里程表裡。所以還是我自己騎機車出去買，省油錢又省里程。

附近的夜市很多，光華夜市、市區和五甲都有的自強路夜市，或是一心路、復興路上也有很多餐館，便宜不難吃，只是太油太鹹味精太多，不適合孩子跟著吃，得仔細篩選，或是各買各的。只是不好停車，也不能全家四貼騎車，外面空氣又差，只能讓我出去買回來。最方便就是麵食，老公愛吃肉，可以買牛肉捲餅和蒸餃，兒子可以吃不加過多調味料的餛飩乾麵。

其實不用問老公，他腦中根本沒有一幅完整的吃食地圖，他頂多說想吃什麼類型的食物，最大原則就是有肉就好。像現在他只是一直問：「到底要出去吃還是去買回來？」

他自動跳過自己煮的選項，因為中午已經煮過了，其實自己煮也沒有多省錢省事，他不吃隨便的肉食，又不吃魚。像中午煮湯的土雞腿快兩百元，他也不知道，骨頭被他連碗一起丟進洗碗槽裡，還是我丟進廚餘桶的。中午的碗盤還沒時間清洗整理，砧板煎鍋都擱置原地，如果晚上要煮得花更多時間，老公一定等不及。

「還是我去買也可以？」他的眼神飄忽，聲音低細，想必只想說給自己聽。如果要他去買，還得告訴他詳細路線，誰知道他會不會聽不清楚，迷路又怪罪到我頭上。

「我去買好了。」

老公也是負責吃的人，對於今天餐前的事務，老公負責決定要有肉，還負責規劃外購時間必須越短越好，所以他在我準備出門前對我說：「不要太久。」一邊護著在沙發上爬向電話的女兒，他的眼神無法定焦，在兒子、女兒、我還有他的手機上飄移，他眼珠裡轉動摩擦出焦慮的熱度。

看他這樣，我反而更擔心孩子，怕他們被罵或是因疏忽而受傷，所以我決定背女兒出去，女兒太小聽不懂人話，只會哭和尖叫，又黏我，帶出去老公會比較輕鬆，他的忍受值會增廣不少。

「我背女兒一起去好了。」我看見老公毫不掩飾地展露喜色，但我其實也擔心背著她騎機車不安全，等於握著她新鮮的肺過早地浸入汙池裡，又怕路面顛簸她脆弱的腦，而且最近聽說背小孩騎車違法，會被罰最多六百元。只能盡量躲開有警察的路口，慢慢騎，眼觀八方，不再像自己騎車時為了求快搶行快車道、紅燈右轉、高雄式逆向地左轉。

皮包裡已經沒有現金，先找一家超商領錢，家用的戶頭已經快沒錢了，自己的帳戶月初就已經清空，繳每個月滾出新利息的卡費、小孩的托育費，還有一堆家庭雜費。老公這個月的家用費還沒匯入，回家得再次催促，總不能逼著他在我眼前完成匯款手續，明明ＡＰＰ就可以匯款，他又常埋在手機裡，但他還是一拖再拖，每催一次，他就越來越像個局外人，只有我在這窮困的家屋裡守著兩個孩子孤立無援。

點好餐點，我站在騎樓下等候，入夜沒有轉涼，街道上被曝晒整日的所有事物都忙著喘出熱氣，店裡面煮食的蒸氣也噴湧過來，其他等待的客人像油鍋裡的水珠，躁烈而不規則地抽動。我和女兒胸貼胸，我們無處可去，所有的熱都在相接處匯成水澤。

我拿出手機滑看臉書，看見同事韓國旅遊一桌鮮紅大餐，或是日本旅遊浴衣古廟，好友夫妻紀念日並肩坐在黑壓壓的高級餐廳，光只打亮他們臉上的稜角，像兩座高聳嶙峋的山峰。

我心裡的疑惑從沒解開，還越來越多，明明他們工作平庸，賺比自己少，為什麼可以才買房子，又立刻出國。或是明明生了更多小孩，卻依然堆疊出高質感的生活，讓孩子在照片裡都變身為手工縫紉的精美布偶。

我卻只能在收找錢進皮包時，快速暗算這些錢能如何撐得更久，我可以再拖多久才去領錢。好險今晚只吃掉快三百元，這張一千元應該可以撐到明晚。

突然注意到手機有老公剛剛的未接來電，我已經很快，可能還是等不及。還有銀行寄來的新一期電子帳單，我完全不想打開，正想回電，但我的餐點已經完成，我便趕緊把被油氣抹霧的提袋吊在機車上。

隔壁機車上坐著一個阿姨還在等餐，和我女兒對眼，女兒對她微笑，阿姨也笑著對她說：「弟弟好可愛！」

我已經習慣這類常見的誤認，短短一眼哪能看到性別深處？糾正反而是把彼此推到尷尬墜谷的邊界，不如就微笑點頭。女兒頭髮一直長不出來，眉毛卻黝黑粗濃，是不是我少吃什麼，使母奶缺乏生髮激素？還是女兒要多吃什麼？才能趕快留一頭長髮，讓路人草率的眼光找到指標。

回家時，老公說了我知道他會說的那句話，「好久喔，快餓死。」擺出我知道他會擺出的不耐煩表情。

兒子正和他一起看電視，一起吃另一包零食，老公用自己的方式解決他們兩人的飢餓，這是他負責的方式。兒子倒是不吵不鬧，乖巧地坐在沙發上，只是眼神和正咀嚼的嘴巴顯得遲鈍而呆滯，女兒本來因為肚子餓而躁怒的眼神也被電視快速切換的光影抽走，眼角的淚滴停下來發亮，我趕緊把電視關掉，怕孩子近視。

去廚房把麵倒在碗裡時，發現老闆漏給一碗酸辣湯，把老公要吃的部分端給他時跟他說，立刻被他罵。他認為我應該要自己檢查一遍再離開，這已經不是第一次，「我之前不是跟妳說過了嗎？」這句話他重複很多遍。真的是我的錯嗎？我不想多說什麼，把委屈的情緒都用點頭打發掉，然後趕快躲到廚房，準備孩子要吃的稀飯和麵，自己再快速吃幾口，隨便咬一咬就硬吞下去。

老公吃到一半說想大號，就直接跑去廁所，門也不關，拿著手機坐在馬桶上，我看見他屁股的肉從馬桶蓋邊溢出來，像啤酒杯緣掛著的白色泡沫。我也很想上，但我得餵飽眼前這兩個餐椅裡的孩子，一個顧著玩玩具，一個急著追望我手中遲未放進她口中的湯匙。我若離開，一個會把那口飯含得稀糊軟爛，一個會暴躁哭喊。

雖然我們都是負責吃的人，但老公只負責自己的吃，所以他吃得透明公開，毫無掩飾，彷彿可以看見吃下去的東西在通暢的身體管線中流動，有些直接充填他日益擴張的身體曲線，有些直接撲通一聲向下排放。

我必須負責兩個孩子的吃，我自己的吃只能占三分之一，所以我吃得隱密，食物神祕地進出身體，在我端出飯菜前我早已先吃完自己的份，若來不及我就趁小孩咀嚼的空檔快速扒幾口。至於排泄就只能在他們都睡著，或是他們都還沒回家的時候，因為一扇廁所門的阻隔對孩子來說彷彿是生離死別的陰陽界線。

老公今天吃完之後，一直對我說這家店便宜又好吃，可以常買，他的碗盤完全淨空。我則是習慣蒐集他們父子三人飯後的飽嗝聲，早就吃完的女兒與老公已經打完，老公的還讓室內蘊滿雜燴的氣味。直到好不容易餵飽兒子之後，將他抱下餐椅時聽到他身體爆出一聲響嗝，代表今天的任務已經完成，沒有任何遺漏。我們對吃負責，因此我們各自獲得不同程度關於吃的成就感。

飯後我趕緊去準備水果，冬天兒子愛吃草莓，夏天丈夫愛吃芒果，女兒剛開始吃各種水果，夠甜的都愛，碗空了會不敢置信地大叫，我沒什麼偏好，跟著他們吃。我幫他們用大量流動的清水洗淨農藥，有的剝除皮與籽，有的要切丁榨泥，我在處理裝盤時就先吃幾口，今天是把水梨核周圍啃乾淨，所以我知道老公會說今天的水梨不甜，只有水。果然他又開始叨念我挑水果的能力，我的確不太會挑，不是叫店員揀，就是靠手感碰運氣。

吃完飯後全家走去附近公園散步，回家後我泡好兩個孩子的睡前奶，老公洗好澡，一起躺在床上一人餵一個。熄燈之後，我抱著女兒邊走邊唱，慢慢哄睡她，老公躺在床上陪兒子睡，將女兒放進嬰兒床後，我躺在床上靜靜地等待他們睡熟的聲音，一邊警戒著伺機偷襲我的睡意。過一陣子之後，躡手躡腳地走出房間，去洗碗，去樓下倒明天就會開始發臭的廚餘，去準備老公明天上班要吃的水果或點心，去擠女兒明天要喝的奶，最後再去洗澡。

我是負責吃的人，吃完一頓之後事情還沒結束，還有這一頓的善後和下一頓的預備，而其他負責吃的家人在夢裡安穩地消化，等他們都消化完，我才躺下。閉上眼睛之後，意識散失之前，我正想著明天早餐要買什麼，還是早起自己煎蛋餅？

無垢

我不知道汙垢是從哪裡滋生出來的，清都清不完。

比如浴室，各種汙垢無所遁形，水垢斑紋沾上光滑的亮面，讓它們都變成毛色黏濁的野生動物。白磚暈黃，沿著地面爬上側牆，地面間縫能刷出足以填滿一座山谷的黑屑。灰塵積藏在瓶罐底層與馬桶後方，或隱身在深色磁磚上，噴水只是讓它如水蛇竄扭，又借勢盤踞在另一個角落。蹲在浴室用上各種工具與溶劑，只要丈夫赤腳走進去，關上門幾十分鐘，所有清潔都如夢幻泡影。

丈夫就是垢，他讓家變髒。他的尿液是滂沱大雨，窄小的馬桶無法完全承接，大小黃漬浸染蔓延。他連沖水都按不到底，等我使用時，怎麼都沖不掉水澤外圍那一圈黃線，再新的水都映透著淡黃。刷洗馬桶與地磚接縫時，也能從白瓷裡沖出濃黃的水。如果一陣子忘記洗馬桶，遠遠就能聞到騷味。

丈夫有次洗完澡後向我抱怨，「是妳沒有沖乾淨，還是衛生紙的味道？浴室的垃圾桶要每天倒啊！」

他不知道自己才是那些臭氣的來源，我什麼也不說，從抽屜撕下一條垃圾袋抖開，取出芳香清潔劑倒入馬桶。裝好垃圾袋，再拿刷子迴刮很難施力貼緊的內壁。

丈夫下班的時候會再去接孩子，回家已經很晚，緊湊地吃飯洗澡，就到孩子的睡覺時間。他如果不趕快讓出廁所，和我爭辯，孩子便不能進去刷牙，我也不能趕快把孩子哄睡，因為等他熟睡之後，我才能再溜出房間洗碗、收拾。

回家後的丈夫像洩氣的玩偶，關節全部磨損，無力癱倒，縮成一個無聲手機螢幕的大小。叫他做，得先說服他，逼出他所有餘力，像遙控電力不足的機器人，我自己弄只要幾分鐘。

母親說過，「多說多錯，男人很少願意認錯。」母親對父親私底下有很多抱怨，卻都沒有和他說，只偷偷和我這個女兒說，她認為直接怪責丈夫是自討苦吃，毫無用處。男人嘴硬、臉皮薄，遑論親手彌補錯誤，最糟甚至情緒暴衝，製造更多需由女人柔軟收拾的亂局。

我從小跟著母親認識各種汙垢的形狀與質地，在父親出外工作時，協助叨叨念念的母親一起掃除。儘管再多怨言，父親現身時她一派嫻靜淡雅，傾聽回應他所有需求。

我小時候不懂母親為何吞忍，忿忿地覺得父親偷懶沒做的分工攤落到我們身上。沒想到我活到母親那時的年紀後，只能繼續無聲地走進母親印在我腦海裡的輪廓，負責家裡所有掃除工作，才知道這不是吞忍，是權衡後的遷就。

沒想到眼前清不完的垢竟是從母親那裡一脈承襲，女人的命運，孤寂地沉在深不見底的汙垢裡，無須呼救，無人聽聞。男人大多眼中無垢，不知道眼角瞥過的暗點，是能將我們久久困囚的幽深黑牢。

年輕時對日劇裡傳統婚禮滿心豔羨，想像女主角穿著白無垢，渾身衣帽妝容通透潔白，走到哪裡都完美隔絕世界混濁的色彩，以為婚姻就是如此聖潔的儀式，被重新編織成一匹純白的布，讓丈夫溫柔捧持。

後來才知道白無垢代表純潔的女人從此墮入凡塵，結婚即死亡，白用以哀悼過往之死，也便於塗染夫家新規。戴上白帽囚禁長髮裡躁動的靈魂，壓制多餘的情緒。原來結婚是將自己推入泥汙的亡者地獄，重啟母親當年厄運的開端。此後我必須自行清理一整個家屋，打包他人製造的殘餘，習慣不屬於我的臭氣。

我和母親一樣，亡滅成不斷除垢的機器，噤一切聲，無怨尤，無怖畏。

如果汙垢少一些就好了，但我在家的時間太多，我的公司陰險地，比較早將我移送回家。汙垢見我常在，就這樣從各個角落親密地簇擁過來。如果像丈夫一樣早出晚歸，我也不會被他們找到。不只如此，只要我待在家裡走動，自然製造更多髒亂，比如說生完孩子後彷彿也被用力撐大的頭皮毛孔，頭髮輕晃就紛紛離根，地磚一下子就撇滿潦草字跡。每天必須煮飯，端出一桌清爽的料理，背後篩瀝多少渣屑、油汙和鍋瓢碗盤。

誰不希望所處的空間乾淨無垢，況且我幾乎掌握所有汙垢的去處與來歷，所以在丈夫和小孩回家之前，我盡量清除乾淨。明知不可能清到完全無垢，可是一旦開始清掃，還是逼著自己再加把勁，弄得更乾淨一些。

我常伏地，或是站到高處，窺看那些隱密的縫隙，才發現垢是被我越來越刁鑽的視線翻攪出來。我漸漸再也找不到真正無垢之處、一個可以安坐的無憂時刻。不斷增生的垢淹過我試圖阻擋的身影，我太渺小，沒時間完全清除，它們輕易便糊滿視野，地上又掉落細捲的髮絲，空氣中的塵粒飄落在玻璃桌面上，陽光穿過，像一整片蓬鬆的雪花。

不如說，我就是垢的源頭，我像一顆無法褪除磁力的磁鐵，走到哪裡，粗粗細細的鐵砂都蠕蠕刮來。

這天丈夫和孩子快回家了，客廳已經掃拖一遍，丈夫回家立刻躺臥的沙發原本被孩子堆滿玩具，我已分類放回，手掌翻撫幾回確定沒有遺漏。我赤腳來回走過幾遍他行走的路徑，再湊近檢查腳底板的色澤與平滑程度。

竟黏上乾硬的米粒！剝掉之後腳底下陷一顆米形，應該是孩子吃飯時掉落的，白米和磁磚顏色相似，乾黏在上面，所以沒有確實清除。我拿起手持吸塵器，在孩子餐椅附近全面搜捕，窄仄的抽吸管道中不斷發出撞擊的碎音，我也想被抽吸進去，勘查究竟是哪些野蠻的渣屑恣意竄逃。

我蹲在地上，腰撐起懸空的上半身，汗水滴落，眼神不斷挪移角度，避開折射光的掩蔽，確認已經纖塵未染。時間如刀劈來，我還在和看不見的垢對決，沒開電風扇，門窗緊閉，保持靜定的氣場，不讓敵人藉機乘著旋轉渦流遁逃。汗流一身，熱氣蒸出衣料中不同時間沉積的汗味，先是潮濕的味道，再湧出熱氣，最後才有難聞的酸腐味。

我自己就是大汙垢，像囤放好幾天的廚餘桶，得快去洗澡，多按幾下馬鞭草香的沐浴乳，厚厚的裹覆在脖頸、腋窩和股肱處，確實將隱密夾層裡的黑垢洗淨。如果讓丈夫聞到，他什麼都不說，先皺緊眉頭，再為了確認深聞幾口，最後尷尬地退遠上半身，「妳要不要去換件衣服，還是洗個澡？」

每天洗，還是髒了一回又一回，洗幾次都不夠。原來是因為我的眼睛裡躲藏著丈夫的眼睛，替我加倍搜來更多髒汙。

丈夫被我豢養在無垢的世界，他通常不需要和汙垢打交道，所以他的眼睛常看不見汙垢，特別是自己製造的。

他回家後脫下的襪子就在客廳中央，像蜷縮的蟲屍，濃縮的鞋味漸漸暈散開來。如果還沒煮好飯，他就配著充滿油氣的洋芋片吞下肚。他一旁的公事包常爬出蟑螂，他也沒發現，因為他包裡常囤放零食或過期的食物。家中怎麼除也除不盡的蟑螂，可能是因為他搭起無形的橋梁。有時地上出現蟑螂屍體，我轉身抽出衛生紙，卻立刻消失，已被路過的他踩碎肢解。

他想必知道，我會成為他的眼睛，替他看見，再悲憫地度化所有他當下鑄成的惡業。

有時他的眼睛恢復銳利，能揪出我遺漏的汙垢。被他說，我總感到心虛，好像我沒約束好隨地便溺的寵物。

白無垢這種衣料，在看不見的裡層以細密手工縫製，就像丈夫永遠看不見我的努力，揪出小紕漏就嫌我閒散粗心，做得不夠。有時光是一個水杯，他可以抱怨水杯口緣太過黏滑；水裡漂浮淹死的飛蟲；沒放杯墊，桌面殘留乾凸的水漬。那些時候我總依稀聽見母親的聲音，趕緊點頭道歉，結束對話。

他覺得那些是由我粗心肇始，所以我該負責善後，他的眼神疊上我的眼神，我便跟著這麼以為。我的義務——維持丈夫和垢之間的距離，像小沙彌一樣撢除塵埃，讓他垂首低眉，安然走在聖潔的成佛之路。

所以不知不覺越做越多，在孩子和丈夫回家之前、睡覺之後繼續打掃，更常虔誠地跪伏在地，將家鋪展成平面圖毯，抖落嵌在其中的細灰。

丈夫乘機神遊到不受侵擾的遠方潛心修行，再也不回來。一切魔業，無能動搖，遍一切法，遍一切身，丈夫習法得道，通悟佛理，就像佛經說的「真如無垢」。

要達到這種境界，除了我的推助，他早已長久修行，從小就被婆婆供養，什麼家事都不用做，所有俗世煙塵都退得很遠。如果真有惡垢偷襲，發出警報，就會有人全副武裝快手掃除。他眼下的世界無勞無垢，即使汙垢出現，也只當雲煙過眼。他通曉人性，睜眼閉眼之間拈藏幽微的禪機，所以他的靈魂永遠乾淨。

洗完澡之後，丈夫和孩子已經到家，他和孩子一起坐在沙發上看電視，又打開一包洋芋片快速地吃，偶爾分給孩子一兩片。客廳的燈管有時閃爍，不知道丈夫有沒有發現，會不會幫忙換？

我不用走近看，零食一旦開封，碎屑必如飛蟻星散，落入椅墊細緻的織紋，匿於同色的地磚，或暫且黏附衣褲，一旦劇烈起身或行走就沿路播撒在腳邊。丈夫這時不是環境衛生糾察隊，只是一隻飢餓採蜜，四處授粉的蜂。

我在浴室照鏡，看回我自己的眼睛，我終於明白如果不把自己掃除，家裡永遠不可能完全清潔。而且不該只有我一個人悶頭苦做，如果我不承接所有散落的汙垢，就只會全撒在地上嗎？

丈夫吃完飯，腆肚在沙發上滑手機，他的頭緣鑲上一圈亮光，另一手挖摳腳皮，如剝蓮花複瓣。看起來法相莊嚴，肩膊圓滿，儼然是圓輪背光，端坐蓮花的一幅佛畫。孩子繼續看電視，地上丟滿玩具。餐盤碗筷泛著冷掉的油光，有如結出薄霜。蟑螂鬼鬼祟祟爬上桌緣，扭動纖長的觸鬚。

我想像他們一樣對一切視而不見。家就是一件沉重的無垢白裳，無法輕易脫解的繁複建構，只得離開，說不定反而會自滅自生。拿了鑰匙，丈夫沒多問，孩子沒分神看我，我輕易地走出門。想想不能回娘家，徒然為母親增添負擔，每一間屋子，都住著懷有除垢執念而未能超生的地縛靈。

在路燈下晃蕩，垃圾和落葉可以踩過就好，碎裂的聲響托起我的腳步，走得更加輕盈。不知不覺散步到家附近的超市賣場，想起有一些該買的，先翻ＤＭ確認這期折價商品與卡友特惠，推車一下子裝滿買一送一的衛生紙、洗衣精和洗碗精，裝成又大又重的一袋，使勁提起前，看見結帳櫃檯後面一整排大多是婦女，推著和我差不多的除垢用特價商品。

原來垢不只穿越世代，還是層層疊疊籠罩萬物的無形之構，架在我身上，在家之上，也在她人身上，永遠褪除不盡。所以觸目所及再怎樣疲憊的眼神，依然各自朝家的方向癱倒。

回家之後，陷入黑暗，按幾次開關發現燈管終於壞了，看不清家裡的狀況，眼不見仍不淨，腳底一下踩到積木，一下滿腳顆粒。丈夫和孩子一起躺看手機，靠近就聞到孩子尿布裡的臭氣。

只問丈夫為什麼不幫忙換，悶久紅屁股。他說孩子要我換，孩子在手機窄仄的熒照下點頭。

孩子的眼裡隱約有丈夫無垢的眼神，像正修煉成精的小動物，我彷彿聽見另一個女人無聲而遙遠的呼喊從他眼角悠悠傳來。

雖然平時孩子也都是叫我換，此刻看著他，我卻感到不可名狀的恐懼。

層層

家裡有一面牆，本來上面有一張畫紙，讓孩子塗鴉，幾個筆畫歧岔出去之後，整面牆蔓生得繽紛雜駁，孩子後來再貼上花花綠綠的貼紙。我已經忘記那牆本來的面貌，每次看到便心煩意亂，眼神趕緊飄走。丈夫為此指責最初貼上畫紙的我，叫我清乾淨，我總是應諾，卻立刻被別的事勾走。只要越拖延不做，他會記得越深刻。

反正在他眼裡，我什麼事都做不好，很多事都拖著不做。

我走進家庭後，身體就被家吞了，頸項腰線、大腿小腿融陷進每個角落，我也是一面逐漸汙濁，永遠無法恢復清潔的牆。

牆面第一層是我增厚的脂肪，生完孩子之後，過往清瘦端莊的少女被急需滋補的我大口吞掉。我坐下的時候肚子一環一環架疊起來，仍撐不住駝垮的背。就算不再需要抱孩子，我的背擴成一對賁張的翅膀，力量在束管裡竄流。我的下半身自從生產時瘋狂使力，腿下的基地大幅擴建，延展出廣大的屋頂，立柱更加龐碩，整體結構非常穩固。每次行走，下半身有如密林，風吹不過去，大腿彼此摩擦，常破皮或生熱疹。

我的年紀全夾到肉裡去，我變成一個失去年紀的「媽媽」。沒人在意我的體重，為了填滿母親寬柔的輪廓，盛裝更多責任，我吹脹輕薄的自己。我面前所有的眼睛都慢慢退後，順其自然且包容地將我看成一個完整的母親。

第二層是我皮膚上黏附的汗漬與飛塵、各種掩蓋不住的異味。下班之後，先騎機車去領錢、買菜，偶爾買奶粉尿布，再去保母家接孩子，也順帶用全身打包了下班車潮洶湧的煙塵，被無數支排氣管燒出焦臭味，成為一顆再擦不白淨的黑炭。回到家，即使撥空洗了澡，孩子在保母家沒睡飽，一直討抱，我只得抱她煮飯，火爐和孩子同時烘烤，我蘸上黏膩的油煙，再刷上一層瑩亮的汗光，又濕又臭。

第三層是整個家，我被髒亂的家緊緊包裹。家像是即使仔細收摺好，仍會被輕易弄亂的衣物。我下班之後忙著煮飯，趁空檔吸塵、擦地，收好孩子弄亂的玩具。孩子如果又跑去玩，玩具立刻被他喚醒，一起跳到地面上圍圈舞蹈。只要開電扇，或有人走動，躲藏的灰塵從各處爬竄出來，黏附在來回走踏的腳底板上，再飄散幾根長而軟的髮絲，剛擦亮的地面立刻還原成蟲菌的原始宜居地。除非家完全密閉，無開縫，無有人出入，否則我再怎麼打扮都是一副邋遢的模樣。

第四層是孩子，和孩子一起回家之後，我陪他堆積木，一直和他說話，安撫幾次哭泣，抱著又放下幾次，解決他各種臨時需求，希望他安靜坐著，但他仍不停冒出混濁的雜音。有時突然排便，我停下手邊所有家務，趕緊到廁所沖洗。我一直讓他恢復乾淨，弭除噪音，他卻像一枚燃放的火藥不斷炸開。

我身上層層疊疊染上不同汙漬，再也無法被一眼看透。丈夫以為我變得非常厚實堅硬，不再輕柔地捧著我，可以不帶情感地朝我拋射充滿尖刺的話語，任我摔落，滾到幽暗結網的角落。他以為我的感受已被裹覆在身體深處，再也透不出來。我始終把臉朝向正在做的家事，背對他，沒空流淚，連汗水也流在衣料的裡層。

所以丈夫每天回到家之後，就氣沖沖地問：「為什麼什麼事都沒有做，飯沒煮好、沒收整家裡、孩子髒亂，那面牆還是這麼髒，和我出門時一模一樣。」

我想刮除體外重重敷抹的汙垢，最好漸漸變得透明，讓他看見最裡面的我做了什麼，然後徹底消失。讓我脫下的那幾層寄生物轉而包覆在他身上，換他在這家裡生活得喘不過氣。

日日

丈夫是我的太陽，無論日夜，他照亮我，讓我充滿能量。

我和丈夫都要上班，同時早起，但我陪孩子比他更早睡，他在外面做自己的事，偶爾出門運動，常常躺在那看手機，或是在書桌前打電腦。夜晚壓著所有人沉進無聲的黑暗中，只有他依然自由地翻滾，運轉在自己的軌道，在那條門縫外發出光亮，製造各種毫無遮掩的聲響，像一顆莽撞的太陽。

我有時試著不睡，孩子的睡意雖如潮水一波波猛烈地湧來，我躲在棉被裡舉起手機，嚴密遮掩所有光亮，在被窩裡點燃自己的太陽，但孩子總是極為敏感，絲微的光也能撓刺得他不安騷動，我只能盡速收起手機，跟他一樣躺成一片幽暗而安穩的海洋。我絕對不能離開，那會像海洋失去島嶼，洋流頓失流向，缺乏我厚實溫熱的碰撞，孩子的翻滾將失去邊界，讓他從夢裡跌出來，清醒地坐在床上叫喚我，甚至摸出門外，拖著棉被站在客廳中央，眼神模糊游移，擺著頭有如剛上岸的海獅。

丈夫無論運轉到什麼時區都永遠亮著，我和孩子只能順著地球自轉形成的明暗生活，切滅所有發光的音源，口鼻僅容呼吸流動，以棉被纏縛躁動的肢體。丈夫準備要睡前，會先走進浴室上廁所，將沖水鈕按到最底，馬桶滾盪出猛烈的濤聲，大水順勢滲進房裡，將我們從床上浸浮而起。我如果忍不住尿意偷偷鑽出房間，都只敢輕按，微小的流水偷偷摸摸地溜進去，立刻被濃豔的黃液吞沒。房外再陸續傳出牙刷漱口杯的撞擊聲、關燈、推門聲，一聲聲都震動早已被驚醒的我，我試圖維持睡姿，鎮壓整個房間被搖亂的睡意，孩子如果睜眼，見我安睡如常他可能也會安心閉眼。

丈夫從光裡走進來後，眼中的火瞬間沒入水中，於是短暫喪失視覺，我清晰地看見他迷茫行走。但他依然是照耀我們的太陽，所以他先踢到床腳，再踩到床邊孩子亂丟的玩具，放射出好幾道嘈雜的光。孩子咿唔將醒，眼皮隨時要掀捲起來，他卻終於找到枕頭和棉被，眼皮合攏，兩手交疊，把所有光亮都留在皮膚之外，密閉的軀殼裡陷入寂然的黑。

我趕緊替孩子塞奶嘴，等到孩子終於停止翻動，丈夫卻傳出低沉的鼾聲，腳伸長一蹬，踢歪床底夾住的圍欄。他的意識已經徹底翻轉到黑暗的半球，在廣闊的夢野裡盡情馳騁，平日羈勒在鼻腔裡的呼吸聲全奔逸而出。因此我和孩子被推送到日照那一側，整夜陽光耀眼，眼睛睜也不是，閉也不是。我快睡著的時候，孩子卻快醒覺，孩子快睡著的時候，我拍撫孩子的手反倒將我拍醒，整夜如此反覆。

丈夫睡飽醒來之後，神采豁然朗照，下床撞到電風扇，扭開門，浴室裡傳來隆隆如豪雨的尿聲，交加屁聲轟雷，然後又是響亮到底的沖水渦旋。窗簾這時被電風扇偏斜的風吹開，晨曦乘隙鑽進房裡，將孩子睜開的雙眼熨貼得炯炯有神。

家裡窗外都是旭日當空，日以繼日，毫無接縫的白日。我打了一個呵欠，不想起身，不想像一張太陽能板吸收丈夫充滿能量的呼喚，我拉高棉被罩住自己，希望這樣就可以隔開今日。

夜夜

每夜孩子都會莫名一陣哭，眼淚和哭聲將她的睡眠弄潮泡碎，她會坐在黑暗裡，驚懼地呼喚我，我不知道是什麼原因。

有時哭一下就睡，有時歇斯底里，即使抱起來也沒抱離驚恐的泥淖，嚎哭不止，只得柔聲安撫，耐心等她的情緒退潮。我一邊抱著她晃，一邊揣想夜夜啼哭的原因，是不是因為有鬼怪隱匿祟擾，這麼想就覺得附近鬱積一團寒氣，不敢走近嬰兒床邊，就在另一側抱哄，怕她又被纏上。

為什麼會招引鬼怪？有人說嬰兒天眼未失，依然存錄陰界的頻率，因此鬼怪無所遁形，各種殘穢的畫面是不是因為大人看不見，所以更明目張膽地在她眼底播放，蒼白的臉、黑垢密布的牙齒、青黑嘴唇，還有魚眼般浮白的瞳。此刻孩子已經睡著，如果將她放回去，沿路是否穿過許多不懷好意的眼神，甚至有幾雙正朝孩子戟張的枯手？

果然一放下去孩子就驚慌地探照大眼，糊轉幾下就直勾住我，揪我的手，哭喊又撕裂剛沉澱不久的夜。我的夜晚不再是一床厚暖的大被，是一張張勉強拼黏的薄頁，不小心就截裂成兩夜，再碎成四夜，夜夜夜夜，持續分解。

到了白日仍想著孩子為什麼昨晚不睡？今晚會不會又是一樣的狀況？該如何預防？上網點查許多網頁。我就是半球的分界，陽光在外，夜晚卻持續在我的身體裡運轉，夜以繼夜，無邊境的夜。我在白天熬夜，太陽越亮，我越想睡，耳邊不時響起孩子的哭聲，最後音調歪岔，有如啾啾鬼哭。

夜晚再臨，閉眼也沒法睡著，專注聆聽她的呼吸聲，不時起身探望她睡眠的形狀。睜開眼總還在夜裡，只是將夜越眨越深，黑暗有如黏液被眼皮一坨一坨拽下來，將自己掩埋。

丈夫則是日夜分明，一到夜晚，隨地躺臥成一片深夜，在沙發上瞇眼看電視，身體沾到床就立刻成眠，夜夜笙歌，做夢裡無憂的王侯，再響的哭聲也喚不醒他，只像遙遠天際的點點星光。眼睛睜開，絕對瞬間被燦金的日光填滿，又是充滿朝氣的一天。

果然孩子又在深夜啼哭，我蹲在床邊，拍撫著眼皮閉上，但未熟睡的她，心裡想著或許有別的原因。日裡被嚇到？身體懾脫幾條魂魄所以更空洞，小有動靜就劇烈搖盪。還是生病卻未發現？悄聲翻找幾個抽屜之後，終於想起耳溫槍放在哪裡，黑暗中反覆鑽探幾次才成功按出數據，沒有發燒。

我哀怨地掛在床側，瞪著她，她偷覷我一眼後嚇到，又哭起來。才驚覺或許是我害的，不安的波浪襲擾了她，她自從在肚裡就一直和我共享睡眠，如果我睡，她或許會睡得更好。

我得練習成為更沉穩的母親，不可時時疑懼。我將她抱來我身上，避開呼聲漸大且正在劇烈翻身的丈夫，閉緊眼皮，努力睡著。

不睡

我的丈夫常常不在家，大多是在孩子睡覺之後，他有很多必須出門的理由。運動、看電影、買個需要的小東西，或就只是在我睜開眼睛之後消失了。

孩子還小，睡得很早，孩子總要我們一起陪著睡覺，我下班之後又在家執勤，有時候還來不及洗澡，在腦中提醒自己等下趁孩子睡熟要起來刷牙、做家事，但閉眼沒多久就睡死了。

各方髒汙不再能如符咒般圈禁我，我張開嘴巴，自由呼吸，把頭髮睡油睡塌，一整身的灰塵嵌進毛孔裡，悶出一具巨大的髒汙。

中途醒來，悄聲爬到手機旁邊，意識同時解鎖，鬆一口氣，才接近十二點，夜晚還長，仍有足以再次分割清醒與睡眠的空間，家事清單映射眼前，我像一台重新啟動的機器，能量充足。

丈夫已經不在家裡，記不得他有沒有交代要去哪裡，看來他成功擺脫睡眠的束縛，年輕時的作息仍然頑強地在他身體裡不肯老去。運動包和跑鞋不在門口，他趕在十二點健身房關門之前去運動了。皮包倒還在，如果皮包也被拿走，那就是順便去看場深夜的電影了，回家必定超過一、兩點。

我悄聲溜出房間，放輕手腳洗碗，深怕碰壞孩子的睡眠，有如走在高空的繩索，想盡可能走遠一些。洗澡之前先把該洗的衣服丟進洗衣機，丈夫在我洗澡時回到家，很快閃進房間躺下，我洗完澡瞥見他在角落滑手機，亮光灼燒在他臉上，有些火星灑到孩子身邊。

我知道他想將他一天的最後一件事留給自己，如果不小心睡在孩子身邊，隔天一睜眼又得開車載小孩出門，為家計工作，再載孩子回家，一起吃飯睡覺。

他醒著可以為自己做這麼多事，我卻不行，多久沒運動，更不用說電影，連用手機追一集劇都得割碎好幾天才看完。

睡眠是我唯一能為自己做的事，我卻不容許自己長久沉溺。

繩索開始搖晃，我舉步維艱，快要墜落。果然聽見小孩開始扭動身軀，床墊發出摩擦震動的聲響。原本密封著，盛滿黑暗與寧靜的房間綻開裂紋，呻吟從小孩身體裡的縫隙鑽出來。再不進去，孩子會坐起來，睜大眼，像恐怖片裡無法擊倒，不斷復甦的魔怪，撕心裂肺地嚎喊著「媽媽」，即便他爸爸就在身邊。

我趕緊放下手上的衣架，闔上洗衣機裡散不開的濕氣，頭髮來不及吹乾，還包著毛巾，關滅所有的燈，強制所有未完成的家事瞬間迷失在黑暗裡。

被迫墜回床上，躺進我的位置，孩子立刻翻滾過來，貼上我的大腿，頭枕在我臂上。我不能移動，呼吸必須平穩，重新隆起睡眠的島嶼，讓浮盪的孩子能漂上岸。最好趕快睡著，渲染瀰漫我體內濃稠的睡意。

丈夫運動耗盡體力，一下子便陷入熟睡。我醒著很久，知道丈夫每一次自由的翻身和鼾息如何魚鉤般扯動淺漂在夢境裡的孩子。我適時塞奶嘴或拍背安撫，在孩子瞇眼偷覷之前趕緊閉眼裝睡。

我瞪大漸漸酸澀的雙眼，觀察窗外天色細微的變化，眨不出任何睡意。我錯了，我還在墜落，在睡眠的無底洞裡不停下墜。

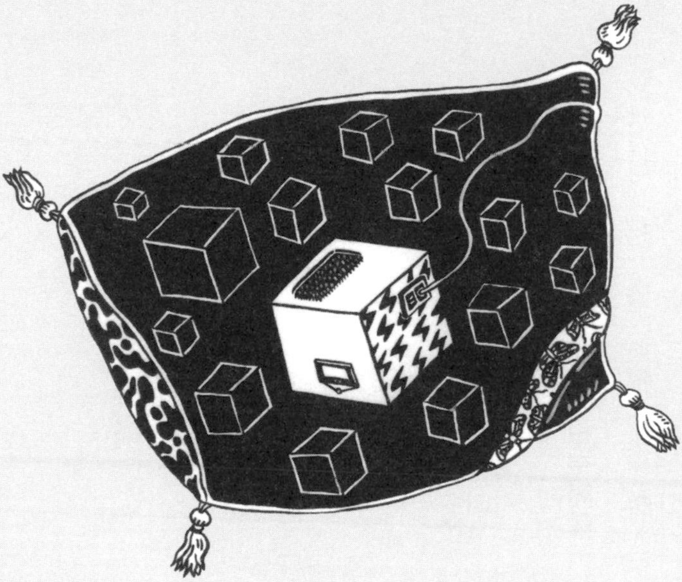

時差

我有天下午有事請了假，但事突然沒了，我多了半天的自由時光，自己在家裡，兩個孩子都在保母家，等到下班時才需要接回來。

我以為我短暫解脫，不用再為了孩子奔忙，時間和空間都沉甸甸地落入掌心。我可以感受到我的四肢有力地為我一個人運轉，像翅膀，家變成寬闊的天空，我可以是一隻沒有方向的飛鳥，沒有羅網，不存在邊疆與山壁。

我先是坐在沙發上，盤算著接下來要做什麼。不想睡覺，貶滅難得的悠緩時光；也沒想出門逛街，外面陽光熾烈，而且路程來回又虛擲多少時間。雖然很沒出息，但實際看來，最好就是待在家裡將之後要完成的家事提早完成，時間原本狹窄的縫隙會因此拓寬許多。如果奢侈地一口吞下多出來的時間，雖然飽足了精神，之後仍得花更多時間，做更多家務把沉睡的疲憊喚醒。所以我選擇持續勞動，與時間推擠，磨鈍它不時刺來的尖角。

在腦子裡安排要做哪些家事之後，赫然發現已經過了十幾分鐘，我居然空坐這麼久，都可以洗完一槽的碗盤了，屁股下蒸出的熱氣幾乎沸騰，我趕緊起身。

打算將床單被單換下，丟進洗衣機裡洗，再換上新的，我剛進房間時，想到若是孩子在家，必定繞著我轉，好險他們不在，不會不小心吸進太多塵蟎灰塵。我噴嗆了好幾個噴嚏，下意識遮掩，已經養成習慣，怕孩子吸入我或許帶菌的飛沫，口水噴濺得我滿手濕黏，卻不用急著洗，因為不會碰到孩子。

接下來我拆下紗窗紗門到陽台洗，上面鋪滿絨毯般的灰塵，幾乎變成一面厚重的毛玻璃，我假想孩子如果在場會有多混亂，必定想衝來玩水，趕也趕不走。有時蹲著洗膝蓋腰腿太痠痛，站起來擦汗休息一會，看一下時間。我發現我常看時間，心中暗算還有多久才要接孩子，不是期待，是怕誤了鐘點。時間在我一個人的時候突然沒了刻度，把我浮在無垠的海平面上，自己在水底下繁密地竄游。以前如荊棘垂掛，長滿倒刺的時間此刻都墜落在地，變成草原，柔軟款擺，撫摩我的腳踝，撲出蓬鬆的草氣。

但草原荒蕪，空無一人，玩具都整齊地躲在箱子裡，沒有孩子的尖叫或哭喊聲，整棟大樓無聲無息，連午後豔刺的日光都穿不進其他那一扇扇密集而黝暗的門窗。我開始覺得我被遺忘在時間的裂隙，孩子們離開我，和時間一起熱烈前行。

我猜想此刻孩子正從保母家的床睡醒，一邊遊戲，一邊準備吃午後點心吧？如果這時候我和孩子在家裡，我們會一起做些什麼？一同去超市購物，或閱讀幾本故事書？我腦子裡全是孩子的畫面，我像旅行到另一個時區，手腕上卻還記掛著家鄉的時間；或是像被拋擲到太空裡的太空人，靜靜地在真空裡失重飄浮，卻隔著太空梭玻璃窗看見艙內的人們如常行動。

我以為小孩不在就是重獲自由，但我像是被馴養的鴿，飛到哪裡都撞到無形的柵欄。我能感受到孩子每一個時刻的行動，他們是隱形的地磁，導引我飛翔的方位。直到我難得擁有自己的時間時，我才發現我已經沒有自己的時間了。我已經被孩子的時間弧線[illegible]時時刻刻拉扯我撤回他們的時區。

裝回紗窗，吸塵後擦完地，到頂樓晒好床被。時間終於到了，該出發去接他們回家，然後準備晚餐，我校準錯亂的時差，讓所有動作重新與孩子同步。我終於沉進時間的深海裡，被溫暖的洋流包圍向前，即使只是一再逡繞，有如墮入輪迴，我也感到安心。

後來孩子回家後各自堆積木，哥哥突然走到廚房，苦著臉和我說：「媽媽，肚子餓餓。」

「好，媽媽飯煮好了，可以吃飯了。」我剛盛好他們和丈夫的菜飯，正端著走出廚房。我滿臉微笑，因為一切多麼剛好，而小小的孩子昂首帶頭走在我前面。

雨下

下雨天的時候，我很難再騎機車送孩子去保母家。丈夫上班時間早，已經先開車出門，所以我只能靠自己，丈夫出門的時候雨已經轉小，但等我準備好走出家門，大雨重重落下，我在電梯裡都感受到風雨想躲進密閉大樓裡的震動。

如果雨小，就可以穿雨衣，把孩子包覆在裡面，但雨衣已經包不住她越冒越高的頭，再怎麼遮仍會滲濕她的頭髮，讓她不耐煩地扭動和呻吟，還好車程短，一下子就到了。現在雨太大，我決定不到地下室騎機車，按到一樓，到大廳再用手機叫車。從高樓降至一樓，像是一下子滑入水池的底部，本來在窗外看起來迷濛的雨絲都在這裡砸碎四濺，雨水太強，地面的界線甚至被沖糊了。我撐著傘緊摟背巾裡的孩子，覺得自己發抖走在岸緣，隨時都會跌入深淵。

短短一段路就讓下半身全濕，用ＡＰＰ和電話都叫不到車，陷入制式化的等候，若沒耐性切斷電話，後面線路上擁擠的人們就會推擠過去。我不知道該怎麼辦，大廳的人一個個穿過我們身邊，像某種密教，自願獻身任大雨吞滅。整個世界彷彿只剩這一間大廳正在發亮，時間從微小的牆縫流進來，要把整座大廳扯進水底，逼我出發追趕上班遲到的時限。

不知道丈夫有沒有塞在路上，趁ＡＰＰ搜車雷達空轉時撥給丈夫，沒有接聽，雨裡的人都像是不會再回來了一樣，被風浪推湧，迷失航向。即使天氣陰涼，孩子被我的焦急熏染，我們兩人全身滲出點滴汗水。是不是要冒雨騎車，還是再找找別家計程車，又想到應該先撥電話到公司報備，雨水密集的聲音不斷擊裂我的思緒。

丈夫、同事還有以前同時在路上騎著機車的人們，他們孤身涉險，自己就是自己的盔甲，或許都已穿越這場瀰天漫地的災難，到達彼岸拭乾自己，然後安然就位了吧？孩子裹覆在我的胸口，成為我最不堪一擊的弱點，所以只剩我和她孤立無援地站在原地，躲雨卻被體內不盡的雨淹沒。

已經確定遲到之後才約到車，等車來時，我看見一個母親撐傘牽著孩子，手上拿著剛從超商買回來的布丁和牛奶，與我反方向，她們走回大廳，即使也被雨水沾濕，她的嘴唇仍以溫柔的節奏開合，孩子臉上閃耀著乾爽的微笑。上車之前，我看見他們用磁扣掃過一扇扇門，收起傘，準備回家。

我把車門關上，感受到我的焦慮，車子立刻加速衝出去。下雨的時候，我們不能躲回家，撐傘或穿雨衣也躲不開，終究只能被濕淋淋地沖刷到雨下。雖然此刻雨水被擋在車外，但我覺得水早已覆滅道路，灌滿車廂，我和孩子都被泅溺成必須不斷向前游的魚，為了生活，為了彼此。

下班後為母所需

下班後，我總將女兒的需求擺在最後，先把所有事完成才去保母家接她，因為她才一歲多，保母會照顧好她。

下班後這段時間我能完成許多家務，滿足丈夫、兒子和我的需求。先去黃昏市場買菜，回家預先準備，讓丈夫將三歲的兒子接回家後能立刻吃，否則丈夫看到空蕩的餐桌，必厲聲催促。如果等不及，甚至開零食和兒子毫無節制地吃，兒子吃到渾身渣屑，滿嘴油膩，飯都吃不完。還得抓好時間，若飯菜冷掉，丈夫必皺眉抱怨，剩下一堆。

趁空檔我趕緊洗澡，因為上班接觸許多孩童，保母擔心病菌散播，所以建議我洗澡更衣再去接女兒。一進廁所，我就感到緊繃的便意鬆脫，上班太忙，無暇感受身體細微的信號，下班後身體才能正常運轉。如果外帶菜餚，省下料理時間，我便吸塵拖地，收撿玩具，丟廚餘、垃圾，避免丈夫找到機會抱怨我先回家卻沒做家事，任家髒亂不堪。

有天請假，一整天完成許多家務，還買了丈夫和兒子愛吃的蛋糕口味，飯菜早準備好，決定提前一小時接女兒。

按門鈴，門後突然傳來保母照顧的三個小孩清亮地呼喊媽媽的聲音，我之前沒聽過。

我每次到的時候，通常最大的女孩和最小的男嬰都離開了，只剩女兒沉默地在地墊上翻書，經保母催促，她才幽幽起身坐在穿鞋凳上等人穿鞋，我一直以為她玩整天累了，或是午睡太短，又被其他先起床的孩子吵醒，才這麼沒精神。

門還沒開，隨著保母腳步聲逼近門口，叫媽媽的聲音更加急促興奮，如加速擂擊的鼓聲，連剛學說話的男嬰也扯緊喉嚨卡卡頓頓地叫著。

一打開門，男嬰被保母抱著，兩個女孩一起坐在穿鞋長凳上，同時將頭扭向門口，頭髮向前披落，又黑又大的瞳孔正滾動著，閃閃折光。

看見是我，另一個女孩聳緊的肩膀瞬間鬆垮，睫毛濃密的陰影刷下，頭髮聚攏將頭包住，再也看不見她的眼睛。保母對朝我衝來的女兒說：「原來是諾諾的媽媽來了！」現在整個房子裡只剩下女兒一個人叫媽媽的聲音，依然高亢，像第一名的賽車在空曠賽道上高速運轉的引擎聲。幫她把鞋穿好後，她甜甜地說：「媽媽抱抱。」

原來她向來沒勁是因為她已用全聲的力量呼喊我兩次，但兩次門後都不是我，心裡已被徹底掏空。

女兒長大了，身體冒出更多需求。隔天下班後，我決定以後都立刻去接女兒，即使接下來做任何事她只想黏著我，效率轉差。站在門口，突然有股強烈的便意，那是習慣的時間到了，我趕緊按下門鈴，門後果然又傳來他們呼喊媽媽的聲音。

我想像開門後女兒有如衝向終點線般，迎來燦爛的笑顏，我渾身只剩下勝利的快感，其他全忘了。

遠離書店

有時和丈夫帶兩個孩子去書店，如果那間書店有音樂或自然的人聲，孩子數量多，沒有那麼克制壓抑的氣氛，我就會放鬆許多，不用擔心才一歲多的女兒會突然失控，打擾到他人。她沒辦法像哥哥那樣，自己拿一本書坐下，安靜地翻閱，她像無法預測的沖天炮，跑到書櫃抽出一本書，爆出聲響，「讀讀讀。」示意我讀給她聽。才剛開始讀第一頁，她衝到另一個書架，指著封面是草莓的書，「莓莓莓。」我放回手上那本，幫她拿草莓的書，她跑到哥哥身邊，出手奪書，面對哥哥的抵抗，怒吼：「給我給我。」

我其實不覺得她吵，這是她這個年紀與書互動的方式，我慢慢改變她，增加她的耐性。但周遭的眼光總會有意無意地拋射過來，當聲音越頻繁，我越能感受眼神的包圍，能辨認其中的涵義與情緒，是針箭，是火焰，非得將我們推擠成上升的氣泡。

這次丈夫想去一間二手書店，我覺得女兒長大了，幾乎聽得懂我們所說的話，最近幾次表現平穩很多，出發前告誡她安靜，配合手指壓在唇上的「噓」聲，女兒也學著做。

丈夫一進書店就自己走開，像自己一個人來一樣。我牽著兩個孩子脫鞋上木板地，覺得不妙，我們的腳步聲已經是整間店裡最突出的聲響，輕音樂柔緩地飄在空氣裡，店員之間不對話，專注地做自己的事，童書區只有我們兩個小孩，其他都是拿想看的書過來，舒服地坐在地上看書的大人。

女兒白天睡得少，已經想睡覺，睡意反而讓她醒著做更自由的夢，大步奔跑、翻滾，拿書就丟在地上，我阻止她，她更加暴躁地反抗。連冷靜的兒子都跟她吵架。我看清楚一個女人直視的眼神，譴責我的失職，對孩子如此狀況感到不解。我趕緊牽著兒子，把女兒抱走，她爆哭出聲，不斷扭動抵抗，我躲到沒人的地方，低聲安撫並和兒子解釋，等她冷靜，但書店每個角落瀰漫著我們的聲音。

我和孩子一起到丈夫身邊，他劈頭就念我，「吵死了，為什麼不把孩子管好。」沒想到是由丈夫把藏在眾人眼裡的話說出來。他怪我太早走來找他，為什麼不讓孩子看久一些。我跟他解釋，有人一直盯著我們看，他生氣地說：「書店是在賣書，又不是看書的地方，想安靜看書不會去圖書館嗎？」立刻牽著孩子走去找那個女人。

我怕他惹事，拉住他，叫他趕緊逛自己的，他也就不去了。我和小孩緊緊地跟在他身邊，女兒應該比較怕他，一出聲，他便嚴厲地噓她，想把她的聲音吹進身體裡，但她像開罐的汽水，一下子冒出更多氣泡。兒子找不到自己想看的書，開始亂抽他眼前的書，粗暴地亂翻，丈夫低聲制止，掩掩藏藏地將書歸位。目光又慢慢聚集過來，我觀察丈夫，他拿書翻書的動作變得像在表演，他把最後一本書插回書架，就快步走出書店。

我和孩子跟不上，也怕他罵，慢慢走到停車的地方，丈夫雖然煩躁，卻繃著臉沉默不語，我們就這樣安靜地騎離書店越來越遠。

家中死人

關於家事，我們向來沒有明確的分工，但近來逐漸失衡。我主動做得越多，丈夫做越少。還是因為丈夫蓄意減少，所以我分擔的分量增多。到底是誰有意為之？

以前丈夫幫忙拖地、洗衣晒衣、洗浴室，偶爾洗碗，假日閒空時倒垃圾，清空所有回收。但不知道是不是因為他有一陣子特別忙，什麼家事都停滯下來，眼睛只注視著電腦。家裡的地面髒汙不堪，彷彿蒙上一層滑膩的膜，浴室到處滋生黃色與黑色的黴斑，水漬讓鏡面變得凹凸不平，馬桶裡的水永遠暈黃。回收擠滿後陽台，紙箱落在地上，被洗衣機的排水泡成黃泥，連用手指也捏不起來。

我等過，不知道等到何時，自己擠出時間慢慢做。趁大家都睡著後洗碗。半夜洗衣，有時拖幾天才有空晒衣，要晒的時候，發現前次洗的衣服還沒收，匆忙收完，趕著出門接小孩，又來不及晒，拖太久悶出濕臭味，只好再洗一遍。倒回收的速度永遠比增加的慢，因為下樓時要帶的東西太多，每次只能提一袋下樓，有時匆忙出門，在電梯裡才想起忘記這件事。

等他眼睛有足夠的縫隙向外觀望，幾次看不到自己能做的事，他退化成我叫他做才做，像充電中的手機，和家具融為一體，等我喚醒他。但我在家裡到處走動，眼神快速挪移，很難注意到他。

是不是我害的？如果我堅持不做，他就會做嗎？他也和這個家一起生存，當髒亂入侵，他是否也會像我一樣，奮力張開四肢，為自己清掃出更大的空間？

我決定丟一包垃圾在門口試驗，他每天出入都會看到。螞蟻排成隊伍，又漸漸解散。即使袋子下端密合，仍像熟爛的水果滲出汁液。他過幾天後終於問我，「垃圾為什麼都沒拿去丟？好臭。」

我回答：「不小心忘了。」持續忘到假日，他擁有更完整的悠閒，卻仍未丟棄。不知道是味道飄散，或是嗅覺疲勞，垃圾完全無味，變成那塊磁磚上穩固的擺飾，尖端打結的提把頹倒在垃圾袋的皺摺裡，被漫長的時光揉成一顆洩氣的球，直到我重新提起。

丈夫不是刻意耍心機，他只是視而不見，回家後開始滑手機，直到睡著才跟螢幕一起閉上眼睛。我們的眼神錯開，掉進各自眼前的世界裡。他和我活在不同次元，在家裡他是一個死人。

我也是一個死人，在他眼角飄忽來去的魅影，耳後不止的腳步聲，身上漸濃的濕氣與臭味，碗盤碰撞、桌椅移動、從水管與排水孔深處傳來的聲音，衣架上被風吹出人形的上衣，不同房間開開關關的燈，陰影裡藏著幽怨的眼神。

家裡唯一存活的是家，不斷呼息律動，變換姿態。喔！還有孩子，家似乎溫柔地撫護著正玩玩具的孩子，等他玩完，家撥動祂身上的零件將玩具歸位，掉在沙發上的長釘跟著晃動，翻了半圈。

蟑螂

我們家有很多小蟑螂，趁人不注意便爬出來，可能在找食物，垃圾桶、廚房水槽邊最多，連躲都懶得躲，人靠近時靜止不動，像吃飽了正慵懶地消化，再有更劇烈的動作，牠們才會著急跑開，但一小段距離就停下，沒躲到掩蔽物底下，喘吁吁跑不動的樣子。

不理睬牠們就越猖狂，拉近與我們之間的距離，放在桌上等著吃的東西，牠們以為我們不吃，立刻黏在碗盤邊緣，偷喝飲料墜落杯底，我們最後才發現，不知不覺已和我們融為一體。牠們喜歡在溫暖的地方休息，借用我們的枕頭和棉被，輪到我們睡覺時，牠們才睡眼惺忪，腳步混亂地爬開。嗅聞我們披掛在衣帽架上的外套餘味，產一整排的卵。躲進包包的夾層，跟蹤出門的我們。有時大膽地爬到我們身上，冷靜地欣賞驚恐跳躍的我們。像變態入侵我們私密的領域，在廁所裡偷看我們上廁所，撲進用過的衛生紙團裡，甚至整個身體鑽入我們的牙刷。

我問媽媽，她經驗比較豐富，想確認到底是不是我的問題，她說大樓都會有蟑螂，很正常，不管家裡清理得多乾淨，蟑螂龐大的家族也會從排水孔之類的管道四處遷移。

每次回家，客廳地上停著大大小小的蟑螂，每走一步牠們就逃開一些，丈夫衝過來把殘留未走的一一踩死，母的比較肥厚多汁，留下一灘水漬，公的有翅膀，容易碎裂，屍體周圍迸出許多渣屑。逃出腳下的，丈夫蹲下來用手拍，膝蓋快速爬動，敲出急躁的節奏。

我殘留沒做好的事，丈夫發現之後也是如此朝我凶猛地攻擊。我已經盡量在意他特別在意的地方，比如說冰箱裡不放過期的食物，如果他吃剩的放進去，常會提醒我近幾日要熱給他吃，但他每天要吃的我都有準備，新的都不一定吃完，舊的只能放到過期，雖然他不常開冰箱，還是得趕在他發現之前丟掉。或是必須另外洗的白衣服，大多是他穿的，件數少，堆到夠多才洗，如果拖太久，上面冒出點點霉斑，沒發現還好，如果被他發現，又是天翻地覆。

有天下班後他坐在茶几前面，吃著我為他買的小蛋糕，他踩死椅子周圍幾隻蟑螂，疑惑地自語：「怎麼今天蟑螂特別多。」拖開椅子，想用衛生紙包一包，沒想到桌子下面都是女兒早上吃掉的蛋餅屑，當時快遲到，得先送女兒去保母家再趕去上班，明明每天都有善後，遺漏這一次就被丈夫發現。

他一邊罵我，半身鑽進桌下，一邊用力拍地，我躲到廚房準備晚餐，依然聽得見他憤怒的聲音。

別人常說看見一隻蟑螂，就代表暗處躲藏著千萬隻。他眼裡被千萬隻想像的蟑螂塞滿，攤開手掌朝我靠近，我轉身打開冰箱，蹲在門後向內翻找。他站在廚房的水槽前，嫌惡地洗淨他黏滿汁液的手，恨恨地瞪著我，說：「原來這些蟑螂都是妳養出來的。」好像我也是一隻必須殺死的蟑螂。

瓦斯爐的火正旺，抽油煙機轟轟作響，油氣撲上我的臉，下巴有一滴汗正匯出飽滿的形狀，準備滴下，他瞥見身旁的櫥櫃有一隻蟑螂，屏氣拍下，發出強烈的震響，汗同時被震到地上，他沒有看到。

喜歡

女兒最近開始學著說話，睡醒就吵著要我抱，看不到我就問去哪了，在我耳邊笨拙地拼湊零碎的詞彙，或是重複展示熟悉上口的語句，像個廣播電台，有不間斷的話聲。除了描摹眼前事物，她學會用言語將心裡抽象的情感定型，最常說的便是「喜歡媽媽」。起床後趕著送她去保母家的早晨，她可以說上十來次，填補所有沉默的縫隙，不是手邊動作的同步註解，也不為承接或收束，口頭禪一般，重複沖淡意義，但仍有一貫甜膩的童音與依賴的眼神。

一開始聽到，我認真回應，「媽媽也喜歡妳。」再輕輕擁抱。聽久了，穿織在周遭的空氣，均勻而平穩地飄逝。女兒著急重複，彷彿隨著飄浮的話語迷失在黝暗無際的荒野，我才趕緊回「好」、「知道了」，摸摸她，快速抱一下。

因為她大多時間跟我處在一起，偶爾想到才說「喜歡爸爸」，更像是說話練習，隨手拾取不同受詞拼接，聽起來沒有從心底汲取濃烈的感情，草率從口中拋出。即使如此，她依然急著想得到回應，丈夫點頭，輕「嗯」一聲不夠，女兒逐步逼近，重複增快，似乎動了真情。丈夫的眼神得專注凝視，離開閃閃發亮的螢幕，大聲而明確地回應，「我也喜歡妳。」她才滿意。

我在旁邊看著，覺得像一場鬧劇，丈夫不似接收女兒的心意，反而是堆高一堵牆，希望女兒的音量空落在彼端。女兒過一陣子再度絮絮叨叨，丈夫抽出眼神瞟我，譴責的重量揮甩過來。我跟著覺得不好意思，好像那些聲音是由我轉播，我趕緊把女兒拉走。

女兒想起什麼似的，又開始說「喜歡媽媽」，從我的手開始，整個人纏進我懷裡，像一團打結的電線，看著接在一條充電線後面的丈夫，我突然想反駁女兒。

「我喜歡爸爸。」

女兒愣住，然後用更多的「喜歡媽媽」沖去我突兀的語句，我學她，兩個喜歡明明前往不同的方向，卻面對面互相碰撞。丈夫眉頭越皺越緊，最後受不了了，看著我說：「我也喜歡妳。」

從他尷尬的表情裡，我知道他的眼神被一道牆橫擋在過去，沒有達到現在這個我。他始終和過去沒什麼差別，不論是身形或個性。我生了小孩，整個人向下崩垮，僅存鬆弛的皮膚繃著，像一顆套在扭開水龍頭上的水球。

丈夫的眼神突然歪向電視，我看見上面出現美豔的女星，扭擺身軀。

我又覺得不好意思，抱著女兒到另一個房間。女兒不斷憂怨地說：「喜歡媽媽。」關上門後，我走回她空洞地浮滿淚水的眼睛，輕輕說：「媽媽也喜歡妳。」把她揉進肚腹，兩個人安靜地擁抱在一起。

又病

丈夫又生病了，咳嗽止不住，鼻涕流滿了整桌的衛生紙，他身體裡的管道似乎都因為癢而騷亂地蠕動，像被寄生成蟲，不敢靠近。他可以名正言順地躲離孩子更遠，只要孩子的臉面對他，他就偏轉頭，過於親暱地逼近，他就退身迴轉到另一個密閉的房間，不忘拿上手機。

生病的人總必須得到照顧，像丈夫等我倒水給他吃藥，虛弱到所有家事都不能做，頭沉重到只能被枕頭托住，脾氣被病毒侵蝕得很薄，打個噴嚏就外洩怒火。孩子不可以太吵，不可以奔跑，不可以中斷他和手機的連線。我們剛吃飽飯，他立刻被藥效催睡，孩子醒覺的夜還這麼長，他們活力的子彈將集中射在我身上。

如果太嚴重，睡覺必須分隔。他的睡眠因此不被翻滾的孩子捲皺，他的房間被關成一座幽密的體腔，門裡隱隱搔刮細碎的咳聲。

孩子半夜打幾個噴嚏，掛出鼻涕，把另一個孩子和我的睡眠都吹騰起來。果然還是躲不掉，浸泡在同一個家屋，病毒從丈夫的身形暈散開，比他更積極地挨湊過來。我聽得到空氣竄過孩子喉嚨的乾擦聲，末端拖帶著一團黏液，遂塗開濛濛的霧形。孩子的睡眠變得輕薄，像敷在眼瞼上的一層薄紙，裡面的眼珠頻繁旋滾，隨時要將紙彈開。

我把另一個睡熟的孩子抱遠一些，怕孩子呼吸過的空氣凝聚成雲朵飄移過來。如果發燒就糟了，保母將拒收，逼我挪出假，趕看醫生，等定格的號碼燈跳動，其他的孩子不是癱倒在父母手裡，就是四處流竄，像無所不在的空氣，候診間裡充滿隱密的惡意，哪裡都不適合安坐。

我把抽屜裡的耳溫槍拿出來，定期量測，像一個鬧鐘。睡到中途驚醒，按下按鍵，逼一聲，顯示溫度前，有短暫的停頓，那一刻全世界好像只有我被這聲響勾住，提釣到另一個清醒而健康的世界，其他人皆沉落在病痛昏迷裡。一個晚上好幾次，我屈斜上身，埋伏到孩子耳邊，靜靜地盜取數值，保持床面平穩無波。

為什麼只有我不會生病？為什麼我不能安穩地躺臥，等別人鑽探我的消息？我和丈夫一樣在外面沾染一身病菌，為什麼病毒只通過我，便趕去攻擊另一具身體？是否孩子就是我的一場大病？懷孕時被內外交擊，崩塌我身體所有的定位與輪廓，將他們生出來，我便徹底痊癒。反而當病菌聞到孩子身上新鮮的味道，急著在上面扎根，接力將他們栽植成自己的模樣。

丈夫也曾好奇地問我，是不是「為母則強」，坐完月子身體完全更新。他一個月至少病一次，嚴重到要看診吞藥，加上偶爾夜晚脹氣，不定時偏頭痛。身體像一顆補滿膠布的輪胎，時常嘶嘶地不知從何處開始漏風。

孩子的鼻涕漸漸退潮，終於不再淹溺一般地盤扭身軀。丈夫這時候似乎走出房間，睡醒了，腳步聲精神飽滿，藥效已均勻地流布全身，開始做他想做的事。

他的睡眠總是如此破碎，踩著任性的步伐，不像我必須攤平身子躲在孩子的低沉的呼息底下。我平時早早入睡，讓器官在最珍貴的時段重新蓄能，體能迅速回填。像反過來孕哺我一樣，我被包裹在孩子羊水般沉靜無菌的睡眠裡，每天早晨，覺得自己是個新生的嬰孩，毫無遲疑地睜開眼睛，甚至有時在孩子都還沒醒的凌晨時分，我就大醒，試圖閉眼睡回去，但眼睛正隔著眼皮放光，衝在太陽的前方。

此刻我拉上棉被，睡意瞬間像藥膏一樣柔暖地熨貼在我身上。丈夫以為他多麼自由，在我們房外製造各種活潑的噪音。他不知道，失去孩子的保鮮，他將在碎灑一地的混濁睡眠裡漸漸腐敗。

垂釣的妻子

我有一群相熟的朋友常在臉書上寫到自己丈夫的表現，多麼貼心、溫柔、主動又積極，總有送不完的禮物。配上丈夫零瑕疵的美肌照片，燦爛的笑容掩蓋所有陰暗的死角，簡直是從童話裡直接罩著披風、騎白馬過來的，高貴得讓人不由自主想要俯首膜拜，為他獻上少女的尖叫。

一個接一個，像在接力賽跑，這個中午貼上丈夫煎了一塊沙朗牛排，那個晚上立刻坐進在高級餐廳的昏黃燈光裡，斂著笑矜莊合照。這個蹺腿坐在髮廊裡感謝丈夫一打二，那個一會兒就和閨密出現在演唱會裡揮動螢光棒，意外丈夫強逼她丟下孩子追趕青春。一定得趕緊跟上，把棒子用力握穩，再殺氣騰騰地交遞出去，鬥志昂揚地燃燒每一天，讓賽事可以無限循環。

最初看見難免羨慕，我的臉書頁面上，丈夫只出現在「感情狀況」的欄位裡，名字掛上藍字連結，其他全不見蹤影。她們全都穿上迪士尼公主精緻華麗的禮服，我被包夾在蓬鬆且不停旋轉的裙袖之間，找不到空隙呼吸，一直往外退，才發現已經離高掛水晶吊燈、鋪墊紅豔地毯的宴會廳如此遙遠。久了也就習慣了，我的每一天只是複印前一天，色澤越褪越淡，不成符號，勾不住任何記憶。早晨臉書不曾跳出任何過往當日的動態回顧，似乎若要回顧，就是一生。

後來她們的丈夫開始紛紛展現出平易近人的一面，比如按摩、洗碗倒垃圾之類的，丈夫其實偶爾也可以做到，或許我也可以試著跟上貼文，重新從泥裡塑丈夫的形，跑起來，增加生活的動力。

丈夫有好表現，又能拍到照，得耗時等待。多像在孤船上垂釣，湖面平靜無波，沒有折閃任何鱗光，藍澄澄的像封上膠膜的果凍，釣線垂直凝固在空氣中，切開急急拂過的時間。

好不容易等到丈夫假日有空一起帶小孩去公園，刻意走慢一些，拍下父子兩人牽手的背影。終於撈起第一條魚，斟酌文字，簡短有力，放上臉書，讚和留言數快速激增，牆面有如空白帳戶突然匯入鉅款，一鍵躋身為養尊處優的公主。她們說我有一個好丈夫，日子過得幸福美滿，羨慕我不用像她們連假日都得獨自陪孩子玩得灰頭土臉。這多像捕魚的習俗，將魚虔誠地貢上魚神龍王的祭壇，換取未來將有豐碩漁獲的美好想像。

從公園回家之後，丈夫把襪子脫掉塞在沙發邊緣，拿起手機躺在他的位置，我幫小孩洗淨手腳，再到廚房準備午餐，過一陣子發現孩子擠在丈夫身邊，一起看手機裡聲光迸射的遊戲畫面。我趕緊把孩子拉到廚房，遞上一袋菜葉，請他幫忙折。打開抽油煙機，鼻子裡依然殘留丈夫的襪子和腳底酸臭的味道。留言仍在累積，像網簍裡潑剌翻跳的小魚，客廳的丈夫再怎麼看，都只是一條餿敗的大魚。

原來臉書是船，那些妻子，或許各自被漂送到翻捲輕煙的湖心，架好釣竿，攀住船緣，探頭凝盼湖底的波瀾，不知道新魚何時才會來，來汰除船板上的死魚，來破開這片浩渺無涯的孤寂。

雲端了丈夫

我和丈夫都在滑手機，窩陷在不同的椅座裡，小孩在一邊玩積木，難得沒有吵嚷，專心拼組他們心中想像的形狀。全家像是一同沉進海底，沒有向來劇烈的動作、焦急的腳步，聲音都被裹在氣泡裡，我們失重漂流在各自溫暖的洋流裡。

丈夫此時坐起身來，一臉不知身在何處的表情，像醒來不確定是不是仍在夢裡，叢林裡的野獸已遷徙至遠方，只剩我們一根根栽植在長夜的泥土裡，安穩地吸肥長壯。

「妳怎麼待在這裡？不用去煮飯嗎？」

「怎麼這麼閒，上次叫妳買的，妳買了嗎？」

「妳這堆衣服怎麼都不用摺？都皺了，怎麼穿！」

我繼續滑手機，感覺到丈夫的眼神像毛躁的線球在我手機外緣來回滾動。但我的手機這幾天持續跳出「空間不足」的通知，有如收到未知寄件者的催款單，根本不知道要去哪個窗口處理這事。每次要照相，就先得踏入猶豫難解的迷宮，為了收納長大的孩子，卻捨不得刪去任何一張年幼的面龐。我翻遍手機裡外的層屜，上網好不容易找到「雲端」的解法，卻還得找到正確的工具攀上雲端。

丈夫突然福至心靈地離開手機，坐到孩子身邊，陪他們拼組積木，合力搭建出雄偉的高塔，罩上堅實的屋頂。沒多久孩子有些糾紛，丈夫溫聲調解，不久指責，最後怒吼，推開眼前所有積木，孩子隨之崩摧，發出脆裂不止的聲響。

我再不起身，丈夫的怒火就要朝我衝來。

「可以教我怎麼把照片弄到雲端嗎？我的手機沒有空間了。」我把手機遞給他。

他立刻接過去，找到沙發上最舒服的位置，眼神凝聚，翻捲手指俐落地操作。

我貼在孩子的淚頰旁輕聲安撫，仔細地梳理他們纏結的情緒。孩子們安靜下來，體內因抽噎而灌飽的氣球癱軟了。我慢慢地跟他們一起把積木收好，替他們攤開畫紙，準備色筆，再到廚房按自己悠緩的步調準備午餐。

丈夫似乎弄好了，他解釋：「以後手機裡的這些照片，看起來還在，其實不在，只是縮圖。」

我和孩子都聽不懂他說的話，沒看他，繼續各自做手邊的事。

「弄好了，雲端之後，妳的空間變大很多。」

我聽見孩子的笑聲，他們把彩色筆畫到地板和彼此的手腳上，我看見後也笑了，水洗的，洗得乾淨。

「還可以備份。如果手機變得怪怪的，直接按這裡，不用接線，就可以復原成穩定的樣子。」他將手機遞給我，興奮地指向螢幕上的按鈕，好像那是一顆天堂的門鈴，他已經徹底忘記先前莫名其妙的怒氣。

我接過來時不小心按到，丈夫慌張地將手機奪回檢視，我又再次雲端了丈夫。

之二 他

玫瑰之夜

「妳記得《玫瑰之夜》嗎？」

週六晚上，我突然想起這個節目，妻躺在床上看手機，「靈異節目喔，我小時候不敢看。」

我很少跟妻說小時候的事，仔細想想，家裡鬧鬼的事應該可以說，但我從關於《玫瑰之夜》的回憶開始說起，不然她可能不敢聽。

週六晚上媽會讓我晚一點睡，明天不用上學，就從連續劇一路看到《玫瑰之夜》。節目開始前，通常我已刷好牙，站在客廳光照的盡頭，準備涉過黑暗的廚房回房睡覺，腳步始終沒踏出去，因為一再猶豫要不要看，我覺得我像身在雲霄飛車的進場隊伍裡，心中的遲疑隨著時間推高。我想就這樣乾淨地睡，但又想刺激，捂著耳朵讓鬼故事進來，用指縫窺看跳格放大的靈異照片，任心臟跳出來領導，拽著我垂軟的身體用力震動。

媽無所謂地盯著電視，我決定要看之後，靠到她身邊，她會提醒我，「不要愛看又愛怕，自己嚇自己。」

我現在已經不記得節目詳細內容，只記得幾個人擠在小桌子前，後面荒煙蔓草、古厝花窗，分不清場景設定在室內還室外，只是雜亂拼接的恐怖想像。不真實的紫光罩著螢幕，走調又歪曲的配樂，一切都像遊樂園裡的鬼屋，指甲若不小心摳到布景，會彈射出一粒粒白色的保麗龍，那樣淺薄易破的偽裝，卻總讓我不再敢輕易走過家中無光的區域，刻意拖延不回房，跟著媽再看到下一檔。只是我再看不進任何內容，雖然節目結束，但我腦中的玫瑰之夜正不停重放，可怕的玫瑰之夜才要展開。

我媽看完倒是什麼感覺都沒有，那對她來說只是一個讓眼神找到定點的時段，她一直催我去睡，聲音依然堅實有力，連這都不怕，對我來說，她就是無所畏懼的勇士。

「你爸咧，他不在家嗎？」妻問。

「對欸，他去哪？我不記得。」我又讓爸在故事裡缺席，回憶容許斷裂與模糊吧。

「我跟妳說，我每次看完《玫瑰之夜》，半夜都會聽到女人慘叫，我家那時鬧鬼。」我要開始說家裡鬧鬼的事，妻眼睛果然瞪大，我知道她想制止，卻又好奇，臉上便冒出拔河繩索般靜止又充滿張力的表情。

遇過鬼的人像是歷劫歸來的冒險英雄，想必妻不再對幼小的我感到陌生，妻眼裡開始發光，我不再那麼平凡了吧？她可以想像我曾是個飽經憂患而勇敢的孩子。

每次看完《玫瑰之夜》的晚上，我都很難入睡，可能也因為明天放假，不用急。明明睡著就可以讓意識躲過危機四伏的深夜，卻要死撐眼皮，一直盯住鬼可能出現的暗處，反而好像多期待鬼出現，一有動靜就心跳加速，從床上跳起身。

將睡之際，感官沉進水底，外界的聲音和畫面都在水面上晃盪，突然清楚聽見女人的呻吟聲。我以為我聽錯，然後是低泣聲，像誰躲在房裡笨拙地學拉提琴。還有一些撞擊和破碎、家具挪移的聲音，我不敢出門看，怕看到背對的椅子慢慢轉向我，無人的門被敲撞出凹弧，或是碗盤在空中飄移，然後失重下墜。

後來深夜常有這種聲音，記得一次鼓起勇氣開門，竟然什麼鬼都沒有，整室靜默，爸媽站在那裡，客廳微光如煙繚繞著他們，媽轉頭瞪我，眼神帶著想把我推回床上的力量。

有一次我實在不敢回房睡，就賴著媽睡在她房間，半夜醒來看到沒穿衣服的男女站在床邊，床一直發出咿咿呀呀的聲音，好像有女鬼躲在床裡尖笑。我轉頭找爸媽，他們蓋緊棉被，睡得好熟，呼吸規則起伏。我動彈不得，發不出聲音，床開始劇烈搖晃，我不敢再睜眼，覺得自己誤闖那男女的領地，他們是不是前任屋主，幾年前一同殉情死在床上。無人浴室後來傳出水聲，馬桶自行沖水。我想叫爸媽棄床一起逃，但再睜開眼時已經是早上。

「你根本是看到你爸媽做愛吧？」妻冷冷看我，覺得剛剛的緊張都是枉費。我拿起手機隨便滑幾下，掩飾我的驚慌，快被發現了，我的確已經偷偷在故事裡摻雜虛構的成分。

妻回到手機裡，她查到玫瑰跟祕密有關，覺得有趣，認為西方好愛扯到神話，好像整個文化都從一部《甘味人生》展開。

女神維納斯與戰神瑪爾斯偷情，生下愛神邱比特，邱比特為了保護母親名聲，送玫瑰花給沉默之神哈波克拉特斯，請他保守祕密，因此玫瑰花成為保守祕密的象徵。

我心裡一驚，妻該不會知道我故事裡藏有祕密，每個人物都有祕密，這其實不只是個靈異故事，但我並不想說出真相，我就這樣安靜地躲進自己的回憶裡。

我後來問媽有沒有聽過那些怪聲，她說不知道，她睡死了。我注意到媽身上偶爾有傷，她說是煮飯割到，或是騎車跌倒，她的確莽莽撞撞的，我沒特別懷疑。只是聽多了《玫瑰之夜》裡民俗專家的說法，有時會想或許有鬼怪偷擰她，她不信邪，所以傻乎乎地合理化傷痕的來歷。

媽媽嚴肅地告誡我，「有聲音就躲起來，把門鎖起來！不睡覺，亂想一些有的沒的。」

至於爸爸，我沒問他，他早上都在睡覺，我不知道他幾點回家，幾點出門，我跟他很少有機會碰面，我放學回家他已不在家，反正一到夜晚他就消失，沒人知道他去哪。我有時猜想晝伏夜出的爸爸容易沾染髒東西，說不定他這麼愛睡，就是因為他身體裡養著太多鬼，吸盡他的陽氣。

想到這裡，我跟妻澄清，「真的，我家真的有鬼。」

我其實看過夜晚的爸媽，他們才是鬼，我家根本就是鬼屋，但我不想多說。連我自己都覺得這不正常的家庭像塌屋的災難現場，孩子被活埋在裡面不見天日地成長，靈魂一定會跟著鋼筋一起扭曲，更何況是妻。如果說了，她還敢跟我生孩子嗎？她會不會覺得我會再製災難，潛意識地推落自己輪迴為鬼。

我想反駁關於祕密的事，立刻用手機搜尋，找到證據之後便說：「玫瑰是指堅貞的愛情，又是神話裡的誰流血染紅了白玫瑰。」

雖然這是一個沒有說出口的家暴故事，但故事裡的爸媽有我無法理解的愛情糾葛，我年輕的時候，一直把它理解為愛情故事。

我還是沒跟妻說，那些聲音其實是爸媽製造的，我沒把故事說完，我看過爸施暴，就是那次鼓起勇氣開門後，媽瞪我，我依然站在原地，身體仍泥在睡眠深沼裡，意識漸漸回復，爸看我，但眼神無法聚焦，他正泡在酒浪裡搖盪。媽下一秒被他抓住頭髮，扣倒在地，她賣力朝門口爬，離我越來越遠，她的頭皮似乎快被扯開，所以她才叫得這麼痛苦。爸的手掌很大，捏住媽像水晶球一樣的頭，手臂騰出紫黑的小蛇，他是一個法力高強的巫師，要把媽銷為一道裊裊飄轉的輕煙。

我一直哭，沒人聽到，因為媽聲音太大，她扛著爸的蠻力打開門，對著門外哭叫，披頭散髮，但夜晚的公寓樓梯間只是制式化地將聲音彈撞回來，沒有哪扇門打開讓聲音進去，也沒有送來任何人。

那才是媽媽的玫瑰之夜，有她的淚水與瘀痕、被汗黏住的頭髮和衣背，我終於看見她驚恐的神情。

另外一個場景正如妻所說，那是爸媽在做愛，赤裸男女長著爸媽的五官，他們後來躲進被窩，規律地上下搖動，棉被漸漸下滑，爸弓著身子，像蝦子奮力彈泳，媽仰躺著，像死在海底骨肉綻露的魚。

我想起《玫瑰之夜》裡很有名的人頭魚照片，我是不是害怕媽下一秒會從她微張的魚口，傳出老太婆的聲音探問：「魚肉好吃嗎？」所以才趕緊閉上眼睛？害怕被誰發現我其實沒有睡著，害怕自己被捲入人頭魚的故事裡，聽說吃了魚肉的人非死即病。

後來從眼縫裡窺見爸如常地走去浴室洗澡和小便，媽背對我，縮成一顆小球，我無法理解媽為什麼一會兒縮在地上讓他打，一會兒又敞開自己讓他壓。

是連續劇裡女明星淚光閃閃說的愛嗎？媽後來生了一個妹妹，我無法理解，為什麼媽讓家裡多一個會花錢的人。我不知道妹妹能不能陪伴我的孤單，但她可能會在這個奇怪的家庭感受到和我相同的孤單。

後來長大一些，爸媽終於離婚。外婆替我揭開爸的祕密，她說爸都沒拿錢回家，還到處借錢，他外面有別的女人，是個不負責任的爛男人。外婆不理解媽為什麼要為他生第二個孩子。

我們都不理解媽對爸的感情，為何一起，為何分開，她的心裡有太多祕密，只能是愛，她曾死心塌地愛著這男人的壞。我不愛爸爸，我怕被妻誤認為爸爸，所以我把這些事變成祕密。

妻又查到什麼，興奮彈起身子，「《玫瑰之夜》根本不是靈異節目，是歌唱節目，靈異的部分是『玫瑰之夜之鬼話連篇』。」

原來我以為的靈異節目其實只是一個小附標，不是主體，我一直都搞錯重點。到了這個年紀，結了婚，即將成為父親，開始能夠替存放的回憶找到新的關鍵字，找到開啟更多視窗與資訊的超連結。

關於玫瑰之夜的回憶也是，一直被我搞錯重點，根本不是靈異故事，也不是家暴故事，更不是爸媽的愛情故事，說到底，主角並不是我，是媽。

有些不重要的細節變得鮮明，像是媽媽的手，我被《玫瑰之夜》的音效嚇到時，我緊抓著的，那隻垂放在沙發上相對溫暖的手。還有我看完節目不敢回房時，讓我攀著不致被潛伏的鬼攫走的那隻手。

那晚當媽被揪住頭髮，爸爸回頭發現我正大哭，暴虐的眼神朝我襲來的時候，媽的手又出現了，她緊箍住爸的手，死命朝門外爬。我記得她手上一顆顆隆起的指節，像被包上一層合金強化的戰鬥盔甲。

或是爸媽赤裸的隔日早晨，我和爸爸分睡床的兩端，中間留下媽媽的空位，他們的被子留在我的身上，我知道那裡有一雙媽隱形的手。

我用手機查到YouTube有很多集，向妻提議現在來看，妻說不要，對胎教不好，「我現在是不怕啦，但我想要孩子爽朗些，看這個會讓他變得陰沉又古怪吧？」

妻瞬間輕巧地擠開我，成為現在這段故事的主角，捧著肚子的她被聚光燈照亮，我則是個躲在鬼故事裡陰暗怪異的配角。

「好吧，反正畫質好差。」我以前竟被這充滿顆粒的粗糙畫面嚇到失魂，我對妻說：「我發現，恐怖都是人造的，真正可怕的是人。」

「你最可怕啦，亂說什麼鬼故事，害寶寶聽到！」

沒想到妻已能嫻熟地護著孩子避開人世的恐怖，我卻還沒有身為父親的自覺，才會輕率說起鬼故事，真正的父親並不會讓家人陷入恐懼。

妻一直滑手機，可能試圖沖淡剛才的故事。她又查到玫瑰的新資訊，「欸，有人說，玫瑰的刺是愛神被從玫瑰飛出的蜜蜂嚇到而射上去的箭。」

嬌美的玫瑰果然人人愛，後人加上的寓意有如層疊繁複的花瓣，《玫瑰之夜》這節目反而讓玫瑰添上可怕的意象。我訝異地說：「刺不是為了傷人，反而是花被刺傷了。」

我終於想通了，媽向我盛開成一朵玫瑰，讓我感受柔美的香氣和花瓣，她選擇讓我看見愛。底下的傷口全被擋住，那些尖刺都是深夜殘酷地鑽進她身體裡的爸爸。

妻放下手機，才怪我讓她今夜難以入睡，下一秒就立刻從她尖凸的肚腹裡滾出鼾聲。她亦是一朵玫瑰初綻，儘管肚皮被胎兒突刺而高高隆起，內臟被踢得凌亂失序，睡顏卻依然如花靜好。

※本篇獲二〇一七年第十三屆林榮三文學獎散文佳作。

關於開車的事

關於開車，你教我很多，雖然你一直不在。

你是一個帶給身邊的人許多困擾的人，因為你是這樣的爸爸，所以我從小盡量不帶給別人困擾。

像現在，我正想開車去接兒子回家，但我卻躲在對街的騎樓下面，看著你候在我家門口，我不想這樣一直盯著你，幾次都想直接上車離開，才跨出腳步卻又退回原地。我擔心你是不是喝了酒，會不會在樓下胡言亂語，打擾鄰居們夜晚的休息，像我小時候你發酒瘋嘶吼的樣子。

你的車停在旁邊，有時你靠在車邊，有時走到更暗的地方抽菸，只要你拿起手機，我的手機便響不停。我小時候你和媽媽就已經離婚，聽說你去了好遠的縣市工作定居。或許就該讓你這樣消失，不該在我畢業開始工作之後，一時喪失警覺脫口留電話給你，因此日後每當你過度揮霍落入幽深的財務黑洞後，就往我的電話裡探光，像現在，不用接起你的電話，都知道你要說些什麼。

你一定覺得我很怕你，看我現在這樣躲躲藏藏的姿態，還把手機丟進包包的最深處，因為儘管把聲音與震動都關掉，你一打來手機就炯炯有神地發光，像直瞪著我，即使你耳中的響鈴結束，我的手機還會再翻亮一次，提示你來電的次數，好像又對我多翻一次白眼。

就讓你覺得我怕你吧，怕到連電話都不接，連一面都不見，就讓我在你心裡永遠是那個在你深夜發酒瘋時被逼著跪下，不停流淚發抖的小孩吧。我就站在這裡遠遠看你，等你離開，我以為我可以置身事外，扮演一個監視罪犯的冷靜警探，對你種種無謂的作為嗤之以鼻。但我發現我不停冒汗，握著包包的手微微顫抖，我怕你游移尋索的眼神不小心和我的視線對撞，我怕你和任一個與你擦身而過的鄰居攀談，我怕我的冷漠激怒你，你會找到我，然後對我大吼：「給我跪下！」像你以前那樣。

除非看到你離開，否則我不會離開，你是一顆隨時要炸裂的爆彈，儘管我背對你逃遠，那些碎片依然會飛刺進我的身體，從小就是這樣，我必須張開雙臂、毫無防備地任你轟炸。我再怎麼回想，也記不起我那時做錯了什麼事，只記得你渾身熏騰著酒氣和怒火，語句都被烘得斷斷續續、言不及義，我只聽得懂你不時瀉出的髒話，你盡情展示你的凶狠，所有人都要畏懼跪伏。

之前接你電話，你說你要買一輛車給我，然後用溫情的父親口吻包裝你的別有用心，你知道我妻子生小孩了，你說沒有車怎麼保護家庭，要多為剛出生的孩子著想，要成為一個有肩膀的爸爸。

接著你說：「但現金少了幾萬塊，希望你來付。方便嗎？什麼時候可以匯給我？」

看來我當時在電話裡的拒絕你沒有採納，因此你現在步步進逼，從謊言後面現身，我也不會再被你欺騙了。我不會再坐上你的車，呆愣愣地被你高高在上的父親形影覆蓋，所有的理智與剛強一瞬間都被吹滅，毫無招架之力地任你勒索。

記得小時候，我乖巧地坐在你的車上，因為媽媽去上班了，她是家裡負責賺錢的人，你難得不把我一個人丟在家做各種家事，我終於不用再勉強年幼的身軀撐住空蕩的家屋，不用開著過大音量的電視假裝家裡人滿為患。

能坐在你車上，被寬廣滑順的皮製座椅完全包圍，我心中還竊喜。但你從不說你要去哪？多久車程？車行中我只能貼著窗張望。看樹影被速度抽拉成綠色流蘇，看地上白色的道路標線變成一閃一閃的霓虹燈，好像隱藏著什麼訊息。有時將手指插進椅縫，由渣屑乾硬的程度，推理它們原始的樣貌，再夾進手指裡捏得更碎，撒在更隱密的角落，最後偷瞧你，心底暗笑你完全沒發現我在添亂，開心地猜想你收拾時困擾的表情。有時身體跟著垂掛在照後鏡上的平安符搖擺，看菩薩有時順轉，有時逆轉，不小心就睡著了。

你叫我起來時，車已停在山林間的四合院庭埕，時近黃昏，黑暗開始從每棵樹的背後鑽出來，有如散兵游勇集結成軍，一邊兜起蟲聲與葉聲霰彈槍般地朝我襲來。我的頭上蒙上一團蚊子結成的黑雲，不論走到哪裡都在，而且越來越陰鬱密集，暴雨似乎隨時會轟落在我頭上。我跟著你走進你朋友家，順著你的指示叫人，但一直分神關注頭上的蚊子飛散了沒。

你和朋友對坐飲茶飲酒，桌上有木色鮮麗的茶盤茶具，還有幾盤小菜。一開始我坐在你旁邊的椅子上看電視，一邊聽你們快速的台語對話，髒話不時橫飛而過，與一直在我眼角閃現的蚊影一樣令人心煩，所以我走到外面，隨便揮就打死幾隻蚊子，沒打死的都鑽進我皮膚裡，有些掘出一座座紅丘，怎麼摳都摳不出來；有些四處竄飛，飛得我渾身發癢，狐疑牠藏在我身體的哪個暗巷死角。回望廳裡的你，你背對著我，被光照著，耳朵和頸項都紅透了，你倒是一點也不癢，若蚊子飛過你身邊，反而會被酒氣熏暈吧。

我試著繞回你身邊跟你說：「蚊子好多，我想回家了。」

你好不容易才讓眼神聚焦在我身上，嘴被酒氣噎住說不出話，我一直聞到你口中發酵般酸腐的味道，你終於說話，卻口氣凶狠，「男孩子怕什麼蚊子！」即使覺得該回家了，肚子餓、好想睡，也不再跟你說，我寧願在越來越深的夜裡下沉，也不要蹚進你的酒池裡，你載浮載沉，溺水般雙手亂揮，被你抓到只會一起沉溺，我完全不知道我為什麼會一會兒被你和你朋友譏笑，一會兒又被你劈頭叱罵。

你終於決定要回家了，你朋友在我們上車前問：「你可以嗎？有小孩喔？別逞強。」

你呸一聲，「沒看到現在都還活得好好嘛，沒問題。」

為了回家，我必須跟醉醺醺的你上車，不斷叮嚀自己不能睡，要在你眼裡的馬路歪斜時用我高昂的聲線校準拉正，把車速和紅燈大吼進你耳裡。你有時反駁，「沒看到路上沒車嗎？」我的眼神必須直望你，用力到幾乎要從你的後腦刺穿眼窩，才能替你把前路看牢，把視野框定，不再飄移晃蕩，不再頻頻點頭瞌睡。從你的酒嗝裡，我一直聞到死亡的味道，和你在一起一整天，沒有更靠近我想像的父親，反而更靠近死亡。

後來你停在離家還有兩個紅綠燈的地方，我已滿身汗，暗自慶幸腦子裡預演的各種意外都沒發生，但因為一路挺腰，身體處處痠。你以為到家了，叫我自己下車回家，看我驚魂未定，五官都癱斜了方位的樣子，還特別大聲說：「男生不可以怕！」說完之後就睡著了，車仍發動著。我沒想叫你，如此媽媽才能安睡，不用被你扯著頭髮，讓她疲憊的夢被硬生生地撕開。

我原本想頭也不回地回家，但下車後還是回頭望了你的車幾次，車側多了好幾道刮痕，車頭也有凹陷，車屁股還留在慢車道上，車輪與車體留有巨大的夾角，幾乎可以讓人鑽過去。你就坐在駕駛座上跟著未熄火的車子一起微微震盪著，好似水族箱裡靜止漂浮著的觀賞魚。

除了叫我不要怕，你沒再教我怎麼當一個男生。有一天你跑回家，已經好幾天沒見你，我一時不知該跟你說什麼。我正在摺疊衣服，準備收進衣櫃，你拉開一個提袋，把我擠開，我們互相碰撞的時候眼神交會，我用力看你，你卻只敢瞥我一眼，像穴居的野獸，又躲進更深更黑的洞裡。

你裝不進你所有的衣服，內褲倒是全拿走了。你還在媽媽放錢和存摺的抽屜翻找一陣子，我在一旁看著，媽媽早都防範好了，你絕對找不到你要的，所以更覺得你躁亂的手勢像把你揉成一張凌亂的廢紙。你只好去拿玄關旁零錢筒的錢，想全倒進手掌，但硬幣太多，好多都撒在地板上。你又看了我一眼，可能在想要不要撿，或是要不要叫我幫忙撿。後來你花了好幾分鐘才將錢全投進你叮叮噹噹的口袋裡，我站一旁看著你蹲低的後腦勺，發現你頭髮越來越少，幾乎可以看見你白到發青的頭皮。

最後你連媽媽壓在電視上要給我吃中餐的一百元都抽走，我卻什麼都說不出口，只向你走近幾步，你正拉開門，便伸手拍拍我的頭，說：「我出去一下。」這真是奇怪的一句話啊，你平常從家裡消失前都是一言不發，甚至常在深夜來去，無聲無息。

我跟著你下樓，看你把行李放進後車廂，然後快速入座。我站在車旁邊，心裡除了掛記著午餐不知該如何是好，也想著如果你邀請我上車的話，該用什麼方式拒絕？還突然有點開心地想到衣櫃有更多空間，可以放我擠壓過密的衣物。

最後你只是把窗戶搖下來露出一道縫隙，我甚至看不到你的眼睛，只看見你額頭披散幾束被汗浸濕的頭髮，像磚牆上乾枯卻緊攀不落的藤蔓。你應該看見我了，從貼著不透光隔熱紙的車窗，我後來一直猜想你窗後的眼神，你直視我嗎？或只是不在乎地瞥我一眼？你有可能害怕而迴避嗎？所以你才快速打檔，急踩油門離開。而且一下轉得太猛，還硬擦過鄰車的保險桿，發出巨大的聲響，車主怒衝下來後只剩下我站在原地，你果然是個只會帶給別人困擾的人，我一直道歉，一直回答：「我不知道他什麼時候回來。」

如果那天能清楚看見你畏縮的眼神，我或許就能長成一個勇敢的男人。

你車位從此就空在那兒，每天放學回家都沒看到你的車，或許你那天根本沒開車載我回來，你還醉在那山無邊無際的黑裡，將你的性命草率地繫在時速表的指針上，抖晃晃地不斷向極限推頂。再過幾個月，別的車停進去了，是一輛無時無刻都閃閃發亮的高貴名車。

我靠自己回家，然後長成一個男生。照你看來，可能是個不合格的男生。因為我害怕很多事物，害怕蚊子，害怕車，害怕睡醒發現你已回家，害怕班上每一個過度陽剛而充滿惡意的男生。但我一直記得你自詡勇敢，一個人披荊斬棘開去遠方。你只想當你的英雄，我卻只能永遠當一個膽小鬼。

我以為我下車了，但其實沒有，我都長大到可以開車的年紀了，你的酒氣依然繚繞鼻間，我一直僵直地坐在後座，盯著空了的駕駛座，從照後鏡看見自己，才發現我從沒長大。

你某一天打電話來，說過幾天要開車到我家，跟我見面。我記得上車後找不到話題，我只好側目觀察你，發現你打方向盤的手勢滑順又俐落，看左右兩邊時的扭頭和側身漫不經心卻精準到位，但我卻依然不知道你要開去什麼地方，沉默許久你問：「有駕照了嗎？會開車嗎？」

「有，但好久沒開，忘光了。」

你興奮起來，「我很會開車喔，我教你。男人怎能不會開車。」

「不用了吧，會把你車撞壞。」

「怕什麼？我就在你旁邊。」你連安全帶都解開了，手握住門把，發出細微彈簧摩擦的聲音。

我兩手揪著胸前的安全帶，故作平靜地拒絕。

以前我曾以為若我看清楚你每一個駕駛動作，然後唯妙唯肖地模仿你，像你一樣自己開車去各種遠方，我就會成為一個勇敢的人。但你從來不在我旁邊，你只會躲在我越拉越長的影子裡，蟄伏久了變成怪物。當你重新出現在車上，你從陰影中騰浮而起，張牙舞爪地向我撲來。

「真的不要？我真的很會開車喔？」

「都結婚了，怎麼還是這麼膽小？」

我一言不發，想把肩膀收得更緊，最好像摺扇把自己收成細細一根，這會不會更像你要我成為的樣子，其實你從沒打算要我勇敢，你要我永遠困在你車子裡陰暗的角落，被你熟練駕馭，像從中央被一手捏住的布偶，四肢和頭只能隨著離心力舞動。

我不記得你最後帶我去了哪裡，只記得最後我一個人下車，像從噩夢中醒來，身體的夾縫裡都蓄滿了汗。你的車一下子就消失，我又和你踩油門而噴出的廢氣一起被留在原地。就是從那一天開始，我想認真複習開車，也開始規劃買車。如果坐在駕駛座，我能自己轉動鑰匙，一熄火，就能下車。

真正把車開好要到孩子出生，買了自己的車之後。考到駕照後多年荒廢，早記不起油門和煞車的位置。怎麼用力回想初成年時上駕訓班的學習成果，卻都想不起來，只記得坐在一旁的教練是個沒耐性的中年阿伯，每當我的右手虛浮在排檔上猶疑時，他便發出濕潤的嘖嘖聲；或在我倒車耽顧後方時，罵髒話後急踩煞車。記得最清楚的，是教練失去耐性前的徵兆，可能是喉頭低沉滾動的嗡鳴聲，或是劇烈抖動的左腳，因為我必須趕在那短暫的幾秒鐘找到解決方案，否則又得像個做錯事的小孩被他叨念不止，最常聽他說：「開車不能怕！」但我連他都怕，怎能把車開好？即使他坐在旁邊，卻沒正眼看他幾次，眼睛只敢盯著前方。

是不是怕一看他，發現他其實是你，我消失已久的父親，戲劇性的重逢。

剛開始開自己新買的車，每當手握上方向盤，我便僵直地像一個零件，肩頸剛硬，關節失能，車還沒發動手就抖不停。上路之後下一件事永遠都比上一件難，待轉比直行難，停車比開車難，倒車比前進難。如果前車急停，或是後車鳴喇叭，我的思考機制會全面停擺，只剩嘴巴能動，一定要一直向車內的人拋問題，在賁張的情緒和零碎的語句中找解答。

開完一趟，像離開冷凍庫的魚，身上滲水，卻還是硬邦邦的，所有壓力都穿肉滲骨，揉都揉不散。儘管如此，為了載孩子去給阿嬤照顧，每天還是得開車，開久才慢慢學會。一開始只走每日固定路線，簡單路邊停車。後來孩子週歲了，帶他去各地踏青旅遊，越開越遠，倒車入庫，或是遇到田野溝邊、窄小車位都不再驚慌。知道看哪面鏡，知道輪胎如何隨方向盤轉，終於將車子融進自己的輪廓，擴大觸覺感知的界線，知道怎樣避開前後左右的異物。

兒子每天看我開車，等他會走會玩了，也想自己開車，當看到診所、超市前投幣後會搭配兒歌規律運轉的遊戲車時，總嚷著要坐，他坐上去也沒特別專注聆賞聲音尖細、不時壞軌走調的歌聲，也不會隨律動忘情搖擺，只是死命轉動方向盤，而且是埋頭聳背，一心追求更高的轉速，就像我倒車時的模樣。看他轉得忘我，我也彷彿看見我一直沒特別留意的，他看著我的眼神。

後來就買了一輛玩具車給他，特別挑選配有滑順好轉的方向盤的，上千元，品牌擬真縮小版，還有一些音樂與喇叭鈕，一按像熱鬧的電子花車。他坐上玩具車的惶惑神情多像初學開車時的我，觀察許久才怯怯地轉幾圈方向盤，卻也因此轉得重心不穩，差點滑倒，之後便一動也不動，根本不用期望他再進一步用腳驅動車子。我試著從後面推，他整個人被離心力拉向後倒，即便我立刻扶住，卻扶不住他驚濤裂岸的哭吼。

我以為他很愛開車，怎麼卻這樣？小孩真是個神祕的生物，他的情緒是不是流在玻璃製的曲管裡，一點小小的碰撞就會碎裂溢流？本來希望把他的注意力緊緊收束，最好耗上一個小時，讓大家都能喘口氣。但沒想到他哭不停，旁邊阿公阿嬤好言相勸，我再搭上浮誇語調，說服他這多有趣，叫他看這按那，啟動車上所有音效，一下子整個客廳各種聲音交響，但他的哭聲依然如無法馴服的野獸，高撲低伏。哭一陣不忘喊：「怕怕！」

或許是新東西，沒看過，又比他大兩三倍，阿公阿嬤這樣推論。或許是下午沒睡飽，難免煩，妻提出不同看法。我不想推論，只知道他若不敢坐，錢都白花了，好不容易扛回家，卻只是扛回一串止不住的哭聲。

抱他出來，他站在原地繼續哭，不只哭得滿臉濕黏，也把我的汗都哭出來了，怎麼安撫都無用。那就算了，我退坐在沙發上，讓他哭。

他看我離開更懊惱，負氣想走，其他人來不及補位，腳絆到車子，頭磕上車頭燈，驚嚇讓他短暫無聲，像海嘯襲來前的退潮，誰都知道，接下來又是讓人窒息的鋪天大浪。

當了父親之後，我常覺得我不會當父親，每次被兒子張牙舞爪的情緒逼進死巷，頹喪地瑟縮屈膝，想不到任何辦法時，我就想起你。你沒有領著我走，我又該如何壯大起來領著兒子前行呢？我生命裡的父親是一個被塗抹的空格，我獨自走了好久，才發現最後還是回到這空格前，自己拗身屈體，想辦法填進去。

當兒子哭不停的時候，即使可能適得其反，我還是想打他，想打掉他的無理取鬧，讓他的身體留下做錯事的印記，再將自己的煩躁與無力感全都打上去。但我沒有這麼做，因為阿公阿嬤都圍在你身邊，而且我明確地知道那是你少數留給我的，當父親的方法。

儘管你消失很久，那個殘暴的你還是躲進我的身體裡，在某些對孩子失去耐性的時刻悄然現身，我必須分清楚你和我，然後冷靜地重新囚禁你。

原來我誤解你了，你還是教會我如何當父親，你自己困在車裡，也讓我困在車裡，我不能再讓兒子繼續困在車裡，我要斷絕所有來自於你荒謬的遺傳。

我後來決定自己開給他看，一開始還擔心玩具能否承擔我的重量，稍微挪動發現輪子轉動無礙後，我的腳用力一蹬，車子便向前衝刺，我誇張地揮手尖笑，還故意衝撞牆壁。為了讓他想起對方向盤的熱愛，我用讓手筋發痠的速度張狂扭轉，故意斜壓車體，像甩尾的賽車手。漸漸地他停止哭泣，眼睛緊盯著我，我笑著對他說：「要不要上車？」他沒有回答，只是一直乾聲抽噎。我也沒逼他，拍拍他說之後再試試。

我想起他剛跌倒時，我只聽見他哭，沒看見他張開的雙臂。我放下他時，他其實擰緊我衣領不放。他怕怕往往哭著討抱，其實很簡單，有人陪，就沒那麼怕了。恐懼是在孤獨下壯大的魔鬼，只要有誰伸手一拍，或許就輕易地灰飛煙滅。以後誰怕怕，我們就朝誰拍拍，不再讓誰獨自沉睡在恐懼裡。我們一起怕怕，一起練習勇敢，如果還怕，也可以一起迂迴繞路。總之，別蹲在原地哭不停，別讓陰影乘勢包圍。

後來再讓他多坐幾次，重複解說，口貼緊他耳朵，手扶在他手上，一同轉盤按鈕。如果沒哭，鼓勵他；如果哭了，抱著拍拍。我當他的駕駛，一起上車下車，一起七上八下。

後來他終於會開了，看見我，還會邀請我，開朗地笑著問：「爸爸，要不要上車？」

錯誤造成之後便難以革除，所以我盡力讓兒子不害怕，但我自己還是個害怕的兒子。

你還站在那裡，我拿手機出來看一眼時間，發現兒子的阿嬤打了兩通電話，可能因為已經超過平時去接他的時間。雖然看不看你都怕你，但也想說不定去接兒子回來以後，你就已經自討沒趣離開了。

接到兒子後，心情穩定許多，他純真的言語像濾網，幾次對話來回，心裡瀰漫的煙塵過濾掉不少。但可能你真的很需要錢吧，你的電話不時透過藍芽連線在車內音響高聲播放，兒子坐在後座的安全座椅上，幾次說話都沒有得到我的回應，便拿著玩具自言自語。當電話響起，他都以為是最常打來的妻子，即便我沒有接通，他總搶先發言：「喂？媽媽喔？」

你實在太吵了，快到家時我關掉藍芽，手機還是不時發光，我就知道你一定還在。我把車停回原地，關掉車燈，窺望馬路另一頭的你。因為若要回家，一定得經過你。雖然看不清你的表情，但可以感覺你焦躁許多，一直抽菸，腳步不曾靜止，最後你坐上你停在一旁的車。

我正欣喜，你是否終於要離開了。兒子卻不耐煩，可能覺得明明到家了，為什麼我不抱他下車，還一直被綑縛在安全座椅上，我不是特別用心構思的藉口已經鎮壓不住他。他開始哭，叫喊著「我要下車」，我跟他說再等一下，但哭聲不等人，繼續在車內橫衝直撞。過了一陣子，你依然沒有離開，可能只是想坐著休息吧？

我心煩意亂，有時想學你怒吼揮拳，有時想學小時候的自己躲進廁所裡反鎖，有時想學母親披頭散髮、厲聲求救。我想叫他別怕別哭，但我現在難道不怕不想哭嗎？說了之後他就能跳過艱辛漫長的成長歷程，蛻變為一個勇敢的人嗎？說這句話的我，又長成了多勇敢的人呢？

而且仔細想想，你，真的是一個很勇敢的人嗎？

開車像經營一個家庭，你一個人飆速獨來獨往，我每次都淋得滿身畏懼下車，你的車是你流浪的行囊。你在馬路上是勇敢的，但在家裡逞凶鬥狠的你才是真正困在車裡的膽小鬼，你怕我漸漸長大，你的肩膀扛不起家庭的重量，所以你逼我矛盾地一邊畏懼你，一邊又要長成一個勇敢獨立的人。我跟家人一起上車下車。每次上車，妻子忙著放妥行囊，我先跟兒子說要去哪，再置入安全座椅裡綁牢，他有時自言自語，有時望著窗外，我能從照後鏡覷見他，看他無聊和他說一些話，偷空捏捏他越長越長的小腳丫。電台播了什麼歌跟著一起唱，他會跟著節奏搖頭擺手。路程中緊急煞車大家一起倒抽氣，到達目的地時大家一起低聲歡呼。若去玩耍，常常回程時一上車他立刻睡著，妻怕我也睡著，不時跟我小聲地聊天。到家時，我將兒子的睡眠輕輕安放在我肩上，我們仨一起下車，一起回家熟睡。

所以為了停止兒子的哭鬧，想趕快讓我們回家，妻子剛煮好的飯菜想必已經冉冉騰煙，我深吸一大口氣，手機貼近耳朵時呼吸也跟著停止，像沉進無光的水底。

我終於接起電話，搶在你說話前快速地說：「我已經有車了，我兒子坐在車上，他想回家，拜託你，你可以趕快離開嗎？

「而且，我已經沒有多餘的錢可以借你了，養小孩子是很花錢的，你知道嗎？」

我彷彿感受到你初燃的怒火，所以不等你回答，我立刻掛上電話，感覺心臟扯著我的身體一起晃動。

你的車不久後真的發動，一個大迴轉你開到我這邊的車道，我沒清楚看見你，但我眼神追望過去，看見你後窗的隔熱紙凸起一條條毛毛蟲般的曲線，像一塊浮滿油漬的毛玻璃，以至於你駕駛座的背影被重重割裂，顯得斑駁殘破。

你不知道我坐在這輛車裡，你聽不到我的車裡永遠都像現在這樣熱鬧，沒看到我已是個熟練駕車的父親，或許你仍覺得我是個畏縮膽小的孩子，連拒絕都凌亂草率。

沒關係了，關於開車，你已經教我很多。我轉頭跟涕淚橫陳的兒子說：「好了，我們下車，一起回家吧。」

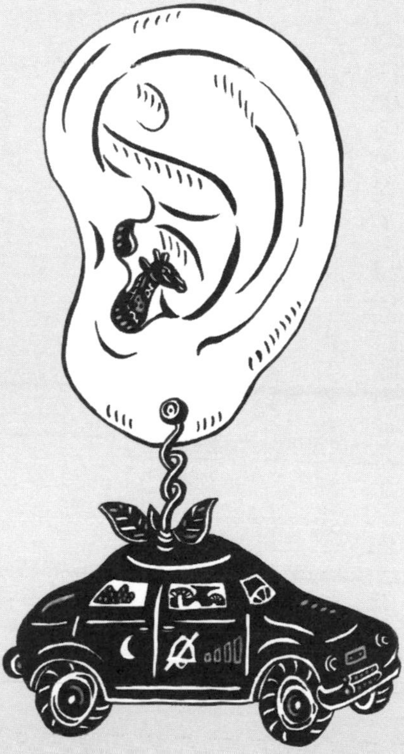

冷血

母親是個冷血的人，自從我到北部念大學，我們就不常聯絡，不像同學為得到更多零用金卻故作無事的家常閒談。我家教打工掙錢，少了經濟供需的牽連，我們之間只剩血脈暗通，連姓氏都不同。她一向討厭我的姓氏，像還養著那欠債外遇的父親，她總問為什麼由她養？在傳統血脈的承遞裡，她是被抽換然後徹底遺忘的那一個，「你又不姓李。」對她來說，我是外姓的異族，離婚後她過年重回娘家，我戴著一個突兀的姓氏躋身其中，像母親手上一袋多提的行李。

我的血被姓氏染髒，明明有一半來自於她，每每帶著熱血親近，常是學校要繳錢的時候，卻無法透過共通的基因鏈烘熱她的冷血，她總先拒絕，冷言冷語砌起一道厚牆，「只會找我要，你姓李嗎？不會去跟你爸要？」最後還是給了，我低頭拿錢就立刻離開，不想瞥見她不甘願的煩躁表情，錢才是她的熱血，養著我像插上抽血針管，只會讓她失血失溫。或是帶著剛烈血氣想與她激辯時，她沒想多說，只冷冷說：「早知道把你還給你爸。」我就一句話也接不下去，畢竟她已經長久捏著鼻子般忍受流著髒血的我，所有事理都該墜入她的大度包容，我只能由衷感謝她的收養，徹底扭轉我的命運，不讓我流落到父親酗酒嗜賭的殘破故事中。

和母親互動，得和她一起降溫，冷霧瀰漫失焦，最好成為滑溜的冰塊，讓她看不清我的根源，揪不出我的血脈。

以前住在家裡，她工作時間長，我們很少見面，常常錯過，見到面時夜已深，連眼睛都快睜不開，凝凍在各自的睡意裡，有時好幾天半句話都沒說。旁觀她在泥淖般的生活掙扎上岸的姿態，還是讓我學會很多事，比如說——在這個世界上，沒什麼比錢更重要。

她為了單親養子的生活一直工作，把別人休息的時間都一把攏進臂彎，把自己兜滿後越走越沉重，我自己在家，讀書、看電視、洗澡，睡著之後，她帶著一具空蕩的軀殼回到家，摔在沙發上，精魂已經磨光了。

我們從不談到愛，她曾淡漠地說那是責任，她選擇擔任養育我的監護人。她說我的責任是把書讀好，找到能養活自己的好工作。我們都在各自崗位盡自己的責任。她要維持家庭，我要讀出好成績，未來才有更多錢。因此我們互動很少，吃飯也不會碰面，像是兩張被剪開的照片，她在廚房煮飯時我不在畫框裡，我在吃飯時換她不在，如果拼在一起，或許就是一幀溫馨的家庭照。有時不煮飯，她會留飯錢給我，壓在電視機上，那就是我零用錢的來源，吃便宜一些，就能積出更多儲蓄。到大學之後，盡量花自己賺來的錢，學費也自貸自償，她覺得我已能自食其力，至此仁至義盡，分道揚鑣。我們各自一方，積守著自己的錢，才漸漸覺得溫暖。

她還是教會我愛，愛自己、愛錢，越愛越冷血。

父親倒是個熱血的人，高中時重新聯絡上，刻意抹銷母親夢魘般不斷重述的他的形象，像認識一個陌生人，竟有股親切感。每次被母親的冷牆碰傷，或沒有更多的零用錢時，就會打電話給他，他的話語熨貼著思念的熱度，錢也立刻入帳。

那就是母親試圖驅趕我的方向，我的血與姓被母親餿水一般潑濺出去，父親會熱情而珍愛地承接起來。他總怕我被異姓且與他結下深怨的母親養久了會叛離變種。「你沒改姓吧？」他第一次與我通話最後有些畏怯地問。原來這不只是被母親看不起的姓氏，我也可以抬頭挺胸，滿腔熱血地走進父親那一側的龐大家系，他們的眼神都是一扇扇開啟的門。

有年冬天早晨，她傳訊息跟我說她要到台北一趟，順便給我帶些東西，問我學校宿舍該在哪站下車。我那天約好與長久未見的父親見面，離婚後他定居桃園。我和母親推說和朋友有約，她說沒關係，和我確認是否可以請人代收。我傳訊向她說明路徑，她不常北上，光憑這些，必定無法帶她穿越複雜的路線，「就照著指標走，不然就問人吧！」已讀後，她就沒再回覆。

這城市冬天很冷，常下雨，濕氣讓冷意浸滲得更深。以為躲進地下封閉的捷運管道就不冷，人潮摩擦出熱氣，將大量的氧抽換成濁稠的二氧化碳，但厚重的衣料沾裹潮陰的空氣，冷風就這樣如影隨形環抱著我。在我稍後轉乘火車離開之後，母親就要踏入曲折幽冷的線路，南來的她一定覺得更冷，況且沒有我引路必定迷途。

我和父親向來只通電話，特意去找父親是因為想要一大筆錢，買別人早已經有的機車，而且南邊點，離開多雨的盆地，離開母親，會溫暖許多吧？

父親沒有開車來接我，他在電話裡充滿歉意地叫我搭計程車，他說的地址一再被麻將的聲音磨碎，好不容易才轉述給司機。此地天氣晴朗，未開冷氣的車內塞滿刺熱的光，我脫下外套，汗水還是在衣褲裡浮湧。接近父親的路程全曝晒在豔陽下，沿路燒熱我冷寂許久的血脈，那是一再被母親敵視，因此被我遺棄的管線。我從不和朋友談及父母家事，只空泛地談些花稍討巧，即用即拋的話題，我向來無身世單薄地活著，現在終於要見到父親，我感覺我正在解凍，因熱膨脹。

一個俗豔的阿姨應門，父親不在家，還搓在麻將桌上。等到很晚，說是要和我吃隆重的一餐，他終於出現時已經爛醉，蹣跚地帶我走去附近的熱炒店，斑駁的板桌像老人發顫的牙床不斷震出雜音。父親又叫酒，喝得渾身通紅，他做工的粗繭大手熱呼呼地拽著我，說我是他們家的人，流著一樣的血，千萬不要忘記我姓什麼。他像是大勢將去的巫師，想召喚我體內沉寂的血靈，燒熱衰頹的士氣，壯大他的戰陣。他滔滔不絕，把我的手越捏越緊，直至骨節，我疼到冒冷汗，完全找不到時機要錢。

原來父親的熱血，只是酒燒出來的，還順便燒除他多餘的贅飾，曝露他暴戾的原形。我想起他以前喝醉酒半夜回家發酒瘋，摔砸杯碗，用毫無顧忌的音量辱罵母親，逼我跪下。我感到一股冷意從他碰觸我的地方開始擴散，我急速降溫，冷盯著他，直到最後他趴睡在桌上，握著我的手變得異常冰冷，卻始終沒有鬆開。

他只想扯出我的血脈綁縛我，怕我逸脫，為此他誇張地洶湧沸騰，道貌岸然教我崇宗敬祖。因為他只能憑微薄的血宣稱是我的父親，其他父親的責任他都一一從肩上推下，冷漠地閃躲。他就只能像這樣，短暫現身在我面前，說著這套說不膩的說詞。其他時間他都顧著遣興抒懷，幾年過去，我都幾歲了，他仍然是一個放浪不羈的少年。

如果沒有血，他什麼都不是；即使有血，他其實也什麼都不想是。

就是他逐步凍冷母親的血，直到他簽字離家，家落陷為窖，不見天日，別人都祝賀母親解脫重見天光，但只有我知道，此後母親日日夜夜與他不散的陰魂扳纏不清。

小時候我做錯事，她總說氣話，「早知道不要養你，養條狗還聽話些。」我不哭，我只會咬牙恨，不恨母親，她蔓生戟張的氣話裡包藏著對父親的恨，那是一切的種子，於是她教會幼小的我和她一起恨著不負責的父親，恨他把家的重量留給母親和我撐著。我太矮，母親頂不住全部的重量，一直斜欺過來，我不能像別的孩子天真地堆疊未來的積木，只能挺著抖不停的腿，想著下一秒，是不是下一秒我就要倒下。

不能哭，哭就是認輸，而且哭只有幾分鐘，恨卻能長久而隱密地存甕釀著，長大之後，記得的話，再歸還給老得難以反擊的大人們。逼自己看著未來，提起腳步離開，比起困在原地哭泣還重要。我終於知道母親長久以來都沒錯，我真是鬼迷心竅，父親果然還是最適合用來切齒地恨著。

我吃光桌上冷掉的飯菜，留下滿桌空盤和空殼般的父親，拿走原本打算過夜的行李，再搭計程車離開。我決定自己存錢，不再聯絡，血冷到底。誰叫我的父母生性冷血，還結刺在外，扎傷所有還會流血的人，他們決意放乾所有人的血，一起屍行人間。

計程車上拿出手機，發現母親來電多次未接，我回撥，她搭錯捷運的方向，左右上下都是路，無盡衍生的指標與出口，這是個沒有絕路與盡頭的大城市，多走好多冤枉路，一天都沒走過這麼多路，但她已經成功抵達，然後又離開了。

我回城，沿路想像母親的糊塗，為看指標頭抬久了難免暈眩，她會一直推揉自己的脖子和太陽穴。她會不會在交叉道口原地旋轉，我覺得可笑。如果問路的話，她說話直接，有時簡直失禮，五官冷漠地僵留在原位，匆忙的行人願意回答她嗎？

想起外套忘在他家，走在地底更覺得冷。想著應該留在這等母親，她絕對被冷氣團嚇傻，南部人特別怕冷，我到現在還是不習慣，對冷特別敏感，偏偏這城裡裡外外都冷，在人群中行走卻得故作冷靜，深色系長大衣、圍巾、修身長褲，手套與雨具一件不少，維持城市整體冷硬時髦形象。回到房間，閉窗蓋被，冷還是無孔不入，但終於可以安心蜷縮，盡情發冷顫。

夜已深，母親已經在台北阿姨家休息了吧？盤算著要不要撥通電話給她。想起大學之後我曾打電話回家，不為要錢，只是想說話，她或許累癱了，或許跟我一樣對兩人必須一來一往，不能轉身回房的對話情境感到陌生，她莫名上火地說沒事別煩她。所以我便打消撥電話給她的念頭，她總會自己想辦法，跟我一樣。走上捷運站出口，風夾雜雨絲迎面披罩下來，一絲絲都被夜晚的燈火染亮，像金蔥絲絨的披巾，卻毫無暖意。

回宿舍發現母親帶來一床冬被，我想像提著大箱冬被的母親在地底迷走，將一路陰冷的通道一步步走熱，邋遢不合時宜的汗跡。母親走到出口時或已滿頭大汗，地面寒風卻颼颼捲至，她擦去汗水，心想快到了，可能有些反悔，牢騷幾句。最後來到宿舍樓下，冷著臉等人開門。

她其實是這樣的人，像列車在地底繁忙鑽竄，地面上卻一點震動也沒有。或是我以為她和我一樣從地底一路冷到地面，從皮冷到骨，但她其實提著被子燒熱體溫，至地面才陡然轉涼。我早知道，卻痴痴地被騙進燥熱的計程車裡，兀自嘲謔母親哆嗦的模樣。因為討厭她的冷血，也就只能看見她的冷血。

來不及了，他們都教會我恨自己的血脈，我已注定成為一個徹頭徹尾的冷血之人。

後來冬天終於過去，熟悉的夏天初至時阿嬤驟然離世，我接到通知卻依然缺席喪禮，他們要一個解釋，我解釋不出來，猶豫像保冷劑，仍持續凝凍住我的思緒。家族用各種管道怒罵我，全在腦中炸響為嗡嗡的警報聲，我只想躲在安全無聲的角落。為什麼因為我的血，我就得乖順低頭站進喪禮中的孫位，即使身邊所有人，包括阿嬤，都是長久未見的陌生人。因此我更確定我不需要血，不需要這代代相傳的神聖贈禮。

然後我打電話給母親，這次有話可說，報告喪禮的事，最後我說：「都怪妳遇人不淑。」

她只是冷笑：「別理他們。」

我也跟著冷笑，說：「誰理他們。」

你

你在另一端，看起來很快樂，抱著孩子，在不同的景點微笑拍照，不是為了記下景色，是殘暴地在風景地挖出你們的體型，嵌進去，像在樹上刻「到此一遊」的字跡。每個地方必須記下你們當時的樣子，閃光之後，被迫拉湊過來，彩繪浮貼在你們向前成長的通道。

我不喜歡拍照，中年的身體曲線不再由自己繪製，不知不覺，稍吸氣肚子就垮下弧墜，漫出我的襯衫鈕釦，扭曲衣物的尺寸。照鏡子通常只瞥一眼，因為光線照滿整張臉，沒有陰影，走進浴室立刻低頭刷牙，摘下眼鏡洗臉，自己的臉成為視線無法抵達的死角，疊在視野的底層。聽到要照相，先退到最遠，把自己浸在糊散的色塊或暗影裡。看照片的時候，把自己掃開，專心看其他笑臉。我連自己都處不來，疏遠自己，像躲在放映室裡，透過一扇小窗觀看投放在遠幕上的生活。

你卻能站在生活裡，像一根稻桿，被泥濘吸附，所有的感受直接曝晒在身上，傾倒或茁長，都毫無遲疑，千百種可能發生的事，捲在四面八方的風裡。你一言不發地被生活生活著，不動頭腦，只需順風行走，像一個被載運在密閉貨車裡的包裹。快樂和悲傷大致鋪陳好了，載入預錄的音軌。走在早被踩出方向的林間路，別人在前面，遠遠地將被時差割裂的聲音遞送過來，貼成一張張人生的索引。

即使像一張被等著填色的空白格，你依然知道，如果就這樣平攤著，沒有挺出一對窺視全局的眼睛，只是踩著他人的影子，很快就被淹沒了。你用相片追隨孩子的成長，翻身、爬行、站立、行走，定期打預防針，跟很多人一樣，把相片拿近細看，也有跟很多人不太一樣的地方。

我不行，我的生活消失在生活裡，攀爬時間的格線，所有真實的事物都被鐘面旋轉成令人暈眩的弧線。工作是唯一必須的事，唯一清醒的時間。其他盡是草率的睡眠，現實被切碎，在夢裡隨機重組。像被加入陌生的群組，不知道何時會跳出無法理解的訊息。沒有固定的洗衣時間，忘記洗澡、不吃飯也沒關係，出門不需要固定的方向，常和機車一起斜倚在路邊，思考的節奏跳離紅綠燈切換的頻率，在確認目的地以前，意識先被往返車流壓得扁平。

有時候坐在不很熟朋友的聚餐裡，餐廳的光能照亮菜餚，卻避開人臉；有時候被趕出打烊的百貨公司，鑽過警衛遮擋得過小的玻璃門；有時候睡醒在深夜，拉開遮蔽黑夜的窗簾。不管身在何處，周遭的畫面透明相疊，融成一團黑色的霧，我不知道自己身處中央或邊陲，是狹小的密室，還是無垠的荒野，行走有如靜止。

你不一樣，在聚會裡成為必須先走的人，突兀起身，迴轉展示凝重又歉然的表情。你失去夜晚，要耗孩子的電，要陪睡。你的假日是孩子的彈簧床，看似是你掌控孩子的作息，其實被孩子束縛。你和孩子之間綁上長長的繩索，孩子兜兜轉轉，停不下來，你的眼神勉力跟上，身體卻在原地被纏繞捆牢。

你丟失自己的時間表，但有什麼關係呢？到了我們這個年紀，時間只是傷害，綁住我們的腳，甩在地上高速前進，直到血骨磨盡。你卻兌換到一本新的日曆，撕痕工整，不像你自己的，已變得像筋肉虯結的疤。你依然被時間拖行，但抱上一個孩子，你就有浪板的威風了，舉他往更高的浪頭推。

我也不會那麼直接地意會到死，即使我正在密閉的滑梯管道裡逼近死亡，沒有沿途的風景，沒有孩子的笑語，只有空氣碎珠般彼此撞擊的聲音。我覺得我卡在活著的狀態，容貌停滯，像早早畫好的圖，漸漸氧化掉色。身體失去光彩，不買新衣服，一直穿舊衣，因為只有舊衣才會見怪不怪地緘守我身體變形的祕密。不想換工作，不想搬家，塵封的心緒像一張舊報紙，輕震即碎。我像一隻螞蟻穿過一顆顆氣泡，沉凝在琥珀色的蜂蜜中央。每一天都有相同的模樣，活一天彷彿經過好幾年。

你的愛點燃引信，朝夜空迸射，你在黑夜擁有更多光亮的角落。你往任何方向微笑，都有人能接補到心坎裡。你先有妻子，再生孩子，像抽一張空白圖紙，低頭慢慢將它塗滿。妻子新婚後在玄關擺放花瓶、玻璃相框，延續晶瑩浪漫的閃光。過幾個月拿下來，那時你組裝好一架嬰兒床，再找地方擺收納小衣的衣櫃。後來，客廳放滿玩具，你開始找不到自己的東西，於是添購大型的玩具收納櫃。

你完全擁有一個家，跟舊家相同凌亂，在下班後幽暗城市的不同角落同時點光，信箱裡同一天出現電話與水電繳費單。扛起家向前行走，你的眉眼被壓在房屋底下互相交纏的管線間，裡面流動著複雜的開銷。舊家的母親也是一樣的狀況，以前映射在彼此眼裡過分清晰的情感逐漸失焦。

母親給你愛，又常說「這不是理所當然該做的」，有如撇頭甩手，高傲地施予，你一直歉疚收下，像兒時書桌抽屜底層總藏有上面附有長官簽名的兒童節禮物。如果被盛滿，你必須將愛流淌回去。直到你的愛向下掘到新出口，於是你整顆心、整個人順勢流出去，剩一具與母親相似的空殼，冷藏到關上門就熄燈的冰箱裡，一起被抽乾水分，無止境地朝內縮癟。她不知道，因為她老了；她知道，因為她老了。

你和母親偶爾聯絡，甚至不用電話，幾條訊息，最後貼上貼心地替你微笑或發出熱烈笑聲的貼圖。她長久以來的陪伴終究濃縮成每月開銷底下的一條數據，如果本月赤字，入不敷出，你才願意打電話給她，情感豐富，像任性撒嬌的稚子。至於自小因離婚分別的父親，你結婚生子之後，或許知道你的錢得全貼進家裡，那正巧是他之前離家的原因，就乾脆斷了聯絡。

我不行，我還只是個兒子，冒險捲軸尚未向後推展，選擇仍被ＮＰＣ[1]般的母親侷限。我的愛限制在狹窄的流域，回流母親的沃野後，唯能將自己流滿。耐心餵飽自己。若受傷，每天照護傷口。覺得累就休息。不擅長想像，自己僅有鏡前的樣子——如不耐高溫的金屬、易碎的玻璃。每天都到原野放牧，昨日的自己一隻隻不斷在今日走失。我也不在乎，像一隻狗舔舐腳掌那樣，專注地清理時間。

我有餘暇鑽研如何以成人的姿態愛父母，如果聲音低沉到無法發出愛清亮的共鳴，或是過長的手無法折曲擁抱的時候，該怎麼辦。

母親沒喚我，我也回家，熟悉的口味一直垂在嘴邊，沒收到記憶裡。早晨即使她無須再叫醒我，仍會進我臥房使用唯一的浴室盥洗，我從床上能看見她在鏡裡用力呸水的腦門。

父親離家多年，卻常打電話來，電話接通，彷彿是上一通電話的重放，他的人生像是下載中斷的影片，播放中途停格在某一個畫面。總急需用錢，說一樣的話，被拒絕後生差不多激動的氣。偶爾我給，給到最後，變成一條不再激揚

1遊戲術語，程式寫入固定反應的非玩家控制角色。

水花、不復歸返的深流。

我的愛永遠都是舊的，重複往返的路徑，像原地跳繩，騰在半空的瞬間，好像會永遠跳著，也可能下一秒就要乏力仆倒。又像一架固定方位的監視攝影器，連負責的警衛都懶得瞥半眼。

孩子稍大，聽懂人言之後，你一直偷撥時鐘指針，延長空閒時刻，即使妻子的台階橫亙前方，你也拉高前輪，高速飆過。妻子對孩子更有辦法，能夠張開雙臂把流竄的孩子與時間兜住，像禪定的僧侶矗立在滔滔逆流中。

你不再假想單身的樣子，真的躲在房裡，惡狠狠地趕走闖進來的孩子，為了隔絕聲音，戴上沉重的耳機，整個人壓浸在濃稠的音樂或劇情裡。甚至你近深夜出門，一個人看電影，散場後在紅燈都休息的街道守秩序地駕車，不急著回家，轉動仍烘熱的劇情引擎，再加溫冷卻已久的大腦。

生了孩子，竟也可以如此悠閒，每週看完想看的電影，追上劇集最新進度，很快聽熟幾張新發行的專輯，你充分利用你單獨享有的每一分秒。你覺得你的人生甚至比我的豐美，像趕上期間限定的促銷，買一送二，塞滿空寂的暗櫃，裡裡外外，都是自在充實的樣子。

我的時間如海潮一般，將我捲入茫茫海央，再推到沙灘上碎成白沫，我像顛倒的指針，昏頭轉向，踏不著地。想做的事像遠方的燈塔，始終在附近，睜亮眼睛搜尋我的蹤影。

你的人生在我眼裡非常美好，記得以前國文課本有一句，「你聽你的鳥鳴，他看他的日出，彼此都有等量的美的感受」，聽起來這課本中的作者果然那麼居高臨下，簡直自以為是浮在空中的神，法喜充滿地諦視站在不同窗前的兩人，將這樣的結論虔誠地喃誦進他們心中。

我們分站在那蓄滿美的屋子兩端，我在窗前，偷偷回頭覷你，想去那一邊，聽清楚被你背影遮蔽的鳥鳴。你呢？你該不會亦曾好奇回首，瞥見浴在晨曦裡的我，被渾身金光的我迷眩。

這時，我們同時聽見你妻子的聲音，似乎自你的窗口洩漏進來。

我發現我和你像薛丁格的貓[2]那樣，關在同個箱子，死的和活的，同時密閉存在，平行時空暫時壓縮在一起。我們如兩顆車輪，軋過等長的時歲，攪動出奇幻豔彩的宇宙渦流。

妻子的抱怨不斷從外面傳來，找你趕快去幫忙。妻子說：「我再也受不了了，不想再忍了，孩子是兩個人的，為什麼只有你負責快樂。懷孕這麼漫長的痛苦，生孩子全是痛，每一條神經兩端被人扯緊，再放下，像被套在繩子裡的鐵圈，不停甩蕩，卻滑不出去。然後孩子被捧走，醫生急急縫補我破碎的身體，因為失去密閉真空的收納，哭聲一直灑出來。

「原來快樂僅有一下下——啼哭的孩子趴在身上安靜下來。我現在知道了，那是神最後的憐憫，一閃即逝的返照迴光，讓我向最柔軟的孩子告別，我曾以為那是生命燦爛的初光，其實是我安適人生的終點，自此迷失在黑暗的洞穴。」

妻子央求你快來，假日本該帶孩子出門，鬆綁擠壓在家中而糾結成團的時間，耗去孩子在室內迴盪而顯得巨大的聲音和體力。她越來越疾厲逼近的聲音像開關，釋放箱中儲置的毒氣。

我終於消失，合併成一個越過重重艱險、成為父親的你。妻子扭開你的房門，只看見你，扯下耳機，迷茫地回頭望她。

現在，你想起一件事，車子的冷氣壞了，之前進廠保養已發現些微洩漏，但報價太貴，撐過半年，終於像隻累癱的老牛，每道腔穴轟出耗弱的熱風，該怎麼出門？你必須在前方轉動方向盤，打開車窗，將風切進孩子和妻子的後座，

2在這個量子力學實驗中，一隻貓被鎖在一個箱子中，並有一毒氣瓶，在一量子粒子處於某狀態下毒氣瓶會破裂，但若該粒子處於另一狀態，則毒氣瓶完好無損。將箱子封閉，此粒子的量子狀態是兩種狀態共存的情況，也就是說毒氣既是已從瓶中放出，又被封存在瓶中，也因此，箱中的貓同時既是活，也是死。只要盒子不打開，那貓就永遠處在一種非生非死狀態。當箱子打開時，此量子疊加狀態瓦解；在那瞬間這隻貓有了被毒死，或得以保命的其中一種結果。因此在人生的每一個決定前，我們也都有無限的可能。

自己被前擋玻璃煎烤，想著太陽何時消失在前方。必須再使勁扳開嵌牢的收支鋸齒，一點一點掏挖出足夠的維修費用，又得小心被猝不及防的反彈夾斷手指。

你站起身，走出門外，孩子們正在哭鬧，不知道在發什麼脾氣，地上布滿食物碎屑、小積木和玩具，每一步都不平穩，沒有鳥鳴，也沒有日出。

你猜想設置這整個實驗的人，是當初青春期痛恨父親的自己，所有戲劇裡壞父親的特質都黏附在父親身上，將他充脹成不成人形的妖物。

你做了無數的實驗，想找到抹消父親的辦法，然後開始模仿薛丁格的實驗，因此看見一個新的父親走出箱子。你們對彼此微笑，你願意擁抱那個疲憊不堪的父親，因為那是你不曾擁有過的，父親的姿態。

不睡

我和妻子每天晚上餵兩個孩子睡前奶，陪孩子入睡，我等他熟睡再偷偷出來做自己的事。畢竟一天扣掉上班的時間，孩子幾乎沒有和我相處多久。近來有太多事趕著完成，陪睡常一不小心就把時間睡光了，所以偶爾不進房，只讓妻子哄睡。我從書房裡聽他們的聲音漸漸溶失在黑暗裡，減緩自己的動作與聲響，坐在唯一點亮的檯燈底下，像深夜取燈烤火的陰寒遊魂。

起初孩子還疑惑地問起我，為何不在、不陪他睡，後來不問了。即使那天我並不打算離開，餵完奶後，孩子仍貼心地催促我去做事，然後立刻轉頭和妻子討論想播放的故事，軟聲討抱，攤平身體等妻子替他擦乳液。我只好順水推舟，無聲無息地消失。

有天我就一直躺在床上，沒什麼要事，只想晚一點去運動。在一旁看他們彷彿螢幕裡快轉的角色，迅速切換不同的動作與事件。熄燈之後，我滑了一會兒手機，刻意躲開孩子的窺視，他也沒什麼興趣，偎在妻子身邊，偶爾對話，話聲離我越來越遠，手機頻頻砸落到我臉上，只好隨手塞到枕下，我先睡著了。

醒來已經超過十二點，健身房已經關門，妻子不在床上，趁我不小心入睡，讓我成為她熟睡的替身，若孩子開始飄蕩，便能停泊在我身邊，以我規律的呼吸撫平他們睡眠的皺褶。

我正想悄悄起身，床墊裡的彈簧被重重的布墊包裹，聲響沉得很深，只有輕微的起伏。女兒突然醒來，睜眼張望，一直叫媽媽，我怕她吵醒另一個，抱著拍背安撫，在她耳邊拿常用的藉口解釋，一開始有用，但妻子突然在外面製造出幾個明顯的聲響，女兒倏地像貓頭鷹一樣扭頭凝神，隨即更激烈地呼喊：

「媽媽！」用力推開我，好像我並不存在。

另一個已經開始翻騰，雖然閉眼卻眉頭緊皺，我趕緊推女兒自己去門外找妻子，轉身躺在兒子身邊。妻子訝異地抱大醒的女兒走進來，那些睡過的時間瞬間被徹底取消，她們看起來像剛準備要睡一樣。我被女兒弄得煩躁不耐，小聲質問她為什麼不叫我起床。趕緊和她交換，她躺下，我起身，孩子果然全黏上去，讓我剛剛像是不正當地奪取了她的位置。

走出房門，沙發上的衣服摺了一半，另一半憂愁地糾結在一起。流理台邊還有一些碗盤，上頭的泡沫陸續碎裂，再無力攀住緣壁，只能向下滑落。水龍頭漏出幾滴水，似乎有更多擠在水管裡急著想成群結隊地奔湧出來。

已經不能出門了，我幫妻子把所有的燈關掉，再看不清那些瑣碎的等待。走進書房裡，點亮檯燈，翻開筆電螢幕，控制游標，聽見風扇在鍵盤底下嗡嗡嗚響，我讓世界開始圍繞著自己運轉。

不醒

我睡醒之後，忘記身在何處，安靜地像沉落水底，甚至不知現在是何日何時。我慢慢想起這是假日早晨，我在床上，昨晚太晚睡，週五下班後總是最累的，整週的疲憊掛在身上，每一步都顛顛顫顫，眼皮眨下後，仍想使力掀開，不想遮蔽這些悠閒時光。

眼睛重新睜開的時候，我忘記自己已是丈夫與父親，還泡在溫軟的夢裡。床上跟我入睡時一樣，沒有任何人，應該在同間房睡覺的妻子和小孩都消失了，棉被摺得整整齊齊，枕頭飽滿，沒有殘留任何凹痕。我以為仍獨自賃居，過著自由的青年生活，無視日光的催喚，沒有任何應準時完成的家務分工，睡到自然醒。

我走出房間，趕進廁所彈鬆緊繃的尿弦。外面沒人，本來應該丟滿地的玩具也都分類收妥，陽光整齊鋪展在地墊上，空氣中的塵埃悠緩浮游，紗門緊閉，整個家裡沒有一絲騷竄的雜音，我有如闖進另一個平行時空，或是某個人的夢境。

我坐在沙發上，不知道是不是今天睡比較久，睡意仍在我身體裡膨脹，所以輕飄飄的，忘記要先刷牙洗臉，只是乾巴巴的讓思考的水滴慢慢滲進來。之前起床都是被妻子叫醒，疲憊的裝甲依然裝備在身上，艱難地磨轉關節，到客廳看守早已起床瘋狂玩鬧的孩子。妻子通常要去取回已預先電話訂購的早餐，所以我不能再賴睡，必須成為能及時保護孩子的清醒父親。孩子一下踩上椅子，一下又把沙發當成跑道，我稍微偏開炯照的眼光，烏黑的傷痕就會立刻影附在他們身上。

假日前一晚都特別晚睡，孩子睡著後，連帶把整片夜晚捲去包在身上，剩下白日般的自由普照在我身上，能朝氣蓬勃地做想做的事，不認為這是熬夜，所以不在意時間的流逝，不用倒數或扣減，反而感到時間無限延展，有如興沖沖地等候著電影最後的隱藏彩蛋。但睡眠的債在眼皮被迫睜開之後猛砸過來，小孩的拉扯與碰撞，傳入耳裡的尖笑與碎語，都鍛造成鉛鎚重重扣擊在我腦門上。

可能後來我總抱怨睡不飽，整天頭疼，五官扭曲，妻子才不主動叫我，但她擱置之後的事務，空在外面陪孩子，等我起床再重新捲動她的行事卷軸。有時候我睡太久，孩子和妻子長時間被擱置在同一個場景，重複同一套動作，各自體內凝成的焦慮彼此摩擦，爆出火光，最後不是妻子高聲怒罵，就是兩個孩子爭吵哭泣。這時我必須被吵醒，以鬆軟的父親姿態滑進來，錯開他們過度緊密的排列。

不用追，責任的大浪就排山倒海地壓來。一睜開眼，滿是妻子和孩子的聲音，我掉進父親的軀殼裡，操縱複雜的手桿與鍵鈕，一一解除眼前的任務。

今天卻什麼都不用做，我還可以是一個剛睡醒的人，坐在空蕩的客廳，只想躺回床上睡。如果把這些多出來的安靜時間再睡掉，吵嚷的他們會不會重新出現？

妻子把兩個孩子都帶出門了？我試著問過妻子，希望她留給我更豐裕的空氣，足以慢慢醒來。她試過帶一個出門，回來時身上背著孩子，一手提著早餐和飲料，另一手提著剛買好的菜，袋子泛霧滲出水滴。她也像是個濕漉漉且快要滑脫的袋子，痛苦地呼號，如果我沒去幫忙，她馬上就會砸落，濺出水滴與刮擦的聲音，與各種食材一起碎裂。後來她便堅持獨自出門，刻意沒看見我為了安撫孩子正按開電視，或是扯開洋芋片，她的眼神像一隻向門外急竄的狗，一個手勢快速掃過鑰匙和錢包，使勁推開門，就消失無蹤。

所以我推想她不可能帶兩個出門，她是不是生氣了？是否曾在我熟睡時試圖喚醒我，怎麼推我，我依然安穩地礦藏在山丘底層。她可能繼續在房外刻意拉高音調怒吼，故意讓孩子的哭聲溢流不止，子彈般四處流射，卻依然沒有在我的山谷裡激盪出回音。清醒的時針和孩子一起如鋸齒般交叉磨轉一圈又一圈，卻沒人像她餵孩子喝奶一樣餵飽她，她彷彿被推到碎紙機裡，只剩下飢餓與憤怒的碎屑，最後吸附所有聲音，篩落到家屋之外。

我頓悟這原來是一種無聲的抗議，妻子抽空所有聲紋，畫面變得更加靜闐，是為了逼我回到聲音的洞穴。我必須去尋找他們，把責任找回來。妻子的心中始終有一個逆光的空洞，等我重新充填睡垮的身形，迎上去，讓她能睜開被光灼刺的眼睛，我變成一道溫和的影蔽，也才能看清生活的形狀。

因此不再想躲回床上，我洗臉刷牙，打電話聽妻子毫無終止的手機鈴聲，再撥一次，卻直接轉入語音信箱。制式的人工語音此刻聽來怒氣沖沖，我想像妻子掛掉電話之後，一定正等待我做更多，不能只坐在家裡，隨意按按電話，要揮汗狂奔到天涯海角才能把他們追回來。

正當我換好衣服，坐在沙發上思考是否該先回妻子的娘家，仔細規劃我的任務路線時，大門發出鑰匙的聲音。妻子牽著老大，身體前面背老二，後面背背包，滿手提袋，漠然地走過我。老大一手拿著一串布丁，另一手握著一張大葉子，小孩頭髮都汗濕了。

她到廚房放下提袋，再帶孩子們去浴室洗手、臉、腳，拿出水壺讓他們喝，然後再回到廚房把袋子裡的東西分別放到冰箱、洗菜籃與砧板上。她看見我狐疑地望著她，轉頭拿出孩子的蛋餅，裝進碗裡，再拿剪刀剪碎，走過我身邊時，我沒看到她的嘴唇張翕，卻聽見她冷冷地說：「你睡飽了嗎？繼續睡啊，沒差，我一個人也可以。」

看來她已經去很多地方，走了很遠，我卻始終停滯在床的附近，好像從未醒來。

豬隊友

原本下班之後，我會做些家事，比如吃完飯不再坐下，直接走到廚房洗碗。妻子還在餵孩子，料理平台和水槽淩亂不堪，端出的一盤盤菜是被裁剪出來的成品，廚房各處殘餘剪剩的碎紙屑。我剛洗完，妻子把孩子的餐具扔進我刷洗乾淨的水槽，飯粒濺得很遠。她拿起一個洗好的碗放進烘碗機，手指卻像被黏住，放不開，又再拿出來，將我擠開，抽走我手上的菜瓜布，捏緊沖水，冷冷地說：「這是我拿來洗碗的，刷水槽要用那一個比較髒的。」她開始洗孩子的和我洗過的碗。

我轉而把洗衣籃的衣服一件件丟進洗衣機裡，妻子說深色長褲應該另外洗，我便再翻攪出來，一件件褲管灑出食物腐敗的濕氣。我打包垃圾，妻子拿抹布衝出來激動地問：「你難道沒看到垃圾水滴了一整路！」我停在原地進退兩難，像被擠在狹長的試管裡，垃圾水不斷滴下，將要漲滿所有刻度。

我漸漸少做一些家事，坐進更寬裕的時間裡，眼神追緊妻子，自然能拾獲更多毛病。冰箱裡竟然放了許多過期的食品、脫水縮癟的蔬果；各種腥臭的尿布被遺忘在垃圾桶之外的各種地方；湯忘了加鹽，菜裡吃到一整撮鹽。家事有如氣球皮被撐大，緊緊將她裹在中心，一直將我向外推擠。我挑刺戳破，家裡頓時散落碎屑，永遠都清不乾淨，因為我們都沒有時間將自己訓練得更細心。

後來實在看不下去沙發旁的垃圾桶一直沒倒，妻子的時程表塗改覆寫太多次，糊失原本的字跡。我立刻拿到樓下倒，難得做對一件事，妻子會特別感謝我，客套讓她退到很遠的地方，要辨明她的真心只得更往她那裡靠，做去更多她忙在手中的家事。但那就像想看清一座神像繪成單色的臉龐，越走近，反而怕自己的罪孽被剖視，越揭越薄，最後被她一手捏成紙團。

即使我偶爾能準確補好她遺漏的家事缺口，我卻始終無法看見她心裡凹陷的缺口。那太難了，像打地鼠遊戲，永遠不知道下一刻的缺口將挪換到何處。

有天她下班後說頭疼，頭彷彿箍緊繩索，在眉心處綁上死結。我心虛地走到廚房說：「我來幫忙。」妻子說：「幫什麼忙，家事不是我該做的。」她幽暗的背影像鉛錘，將我擊落為需要她幫忙看護的失能老人。於是我決定等妻子真的需要我，我再幫忙，沒想到一鬆神，拖太久沒做家事，心虛地問妻子，她正在洗奶瓶，兩支奶瓶碰出連串響聲，空氣都被敲開裂痕，她說：「真的想做就會主動做。」

後來我常常躲在房間裡玩手機，看不見她，心也就掉不進她虛空幻變的缺口。她有次轉傳朋友丈夫親自煎牛排的貼文給我，手機叮一聲，沒有留下任何評價。她正在炒菜，我又鼓起勇氣站到她身後，她覺得我礙事。我到客廳陪小孩，玩到後來，他們又開始搶玩具，尖聲叫鬧，兩隻小手使勁全力綁在一起，我更大力奪走他們手上的玩具，迅速坐到屁股下，他們便和諧地哭在一起。

我只好把電視打開，零食打開，我去上廁所之後，小孩緊抱餅乾袋不放，也不給我吃，可能想減緩消耗零食的速度。我轉身開一包新的，更好吃，用全身誇張展示，學孩子，絕對絕對不給他吃。我和小孩輪流生氣，他們的情緒累加起來卻沒有上限，哭嚷不休，鼻涕眼淚淹沒他們的五官，蓋過廚房裡抽油煙機的轟鳴。妻子煩躁走來，抽油煙機還開著，火爐熾旺，她說：「這裡交給我，你可以去房間躺著，看手機。」

我絆倒大家，我扯住大家後腿，他們用狼狽的姿勢也爪不住身下捲過的時間，直到最後捲出有如一條膠帶末端毫無黏性的褐色紙條，全家被一股韌勁彈飛星散，亂糟糟，不可收拾，原來我就是那種被罵成豬的隊友。

想像一隻豬在球場裡，巨大的籃球咻咻彈射，隊友腳步迅速，踩滿所有的防備與進攻的空隙，豬害怕想逃，即使拿到球也投不進任何一球，乾脆逃出場成為一隻真正的豬，成天匿在泥裡滾。但周圍不是白線，是高聳的獸欄，我抬頭看妻子，她站在梯形裁判椅上，彷彿懸在仙界，她斂首低眉地朝我勾勾手指，祈願我浮成一尊神。她不是隊友，我們不在同一量級的比賽，我再怎麼跳躍都只能在她腳邊浮起一丘豬鼻子。她是奧祕無限的神，我場內所有奔跑，每一聲熱烈的喘息，在她眼下渾成一團豬聲豬氣，脫胎換蹄，豬到極點，真是倒豬輩子霉瞎了豬眼。

飯煮完，妻子幫小孩洗完澡進房間，請我挪開位置，她要為孩子吹頭髮穿尿布；過不久孩子穿好衣服，扯著壓在我身下的小被哀叫。我只好離開房間，妻子瞥我一眼，潛伏的目光有如貼著湖面切剖過來，似乎是在確認隊友僅僅是離開房間。

我終於明白丈夫們待宰的心事。

旅伴

夏天和妻子帶兩個孩子去京都旅行，小孩第一次出國，為了把握兩歲之前的優惠，明知疲憊必然，還是飛出去了。

出發前，新聞或臉書常傳來關西暴雨成災的消息，直到前一天才放晴。到京都之後，連幾日乾燥高溫，拉著孩子搭車或步行，汗濕的衣服從未乾過，停下腳步，便被凝止的氣流裹住。街上的老人悶沉沉地揮著摺扇，日本人汗流得拘謹有禮，我的汗腺已鑽入台灣粗莽的陽光，熱得貼身而明目張膽。當地電視和報紙卻全是淹水的消息、死傷失蹤的數字，這趟旅程顯得很不真實，我們這些觀光客在半空飄浮，踏不進他們悲傷的水澤。

帶著兩個失控的孩子，更能感受到被包裹在氣泡裡的隔閡感，日本的密閉空間像餐廳或電車，不至於悄然無聲，但聲線總能沉到很低，即使兩個人持續對話，聲音直接丟進彼此耳裡，沒有絲毫碎響濺出，就連下班後擠滿人的電車裡也一樣。

每當孩子哭叫吵鬧，雖然我的眼睛瞪著孩子，想辦法壓制，卻能感受到所有的眼睛和耳朵貼過來，擷取我們身上細微的線索。即使最後孩子恢復安靜，眼神各自歸位，卻能明確感受到，我們已被擠出他們緊密嵌合的齒輪之外。

因為脫離日常作息，從沒有和孩子在一起這麼久，超時勞動，睡不好，躺不慣陌生的床，腰頸依舊陷在舊床熟悉的深度裡。最後幾天，有時不知道自己飄蕩何方，在做什麼？孩子倒是始終興奮，因為難得日日玩樂，他們在沒有終止的白日翻滾，不捨闔眼，我卻像墜入深沉的夢裡，沒醒來過。

即使很累，為了不浪費，不求增加，只想盡量完成排好的行程，拍下更多照片，在大太陽下定格微笑，填滿旅行的意義。精神一直處在恍惚狀態，匆忙趕路，完全無法慢下來融入異國文化，走出踏實的生活感。

有天傍晚早早出發坐公車要去河原町逛街，心想逛完可以到旁邊的祇園鴨川、花見小路晃晃，看古樸街景點燈後的華麗變身。但網路查到的公車路線竟與實際不同，地圖顯示只有七站二十分鐘，但上車後標記我所在之處的GPS藍點卻逐漸偏離。改查京都公車官網，才發現這班車雖然會到四条河原町站，但多繞一大圈。本來從京都車站只需往東北就可以抵達，但這班公車先向西，再折向北繞過金閣寺，路線成四方形，我數數剩下幾站，心都涼了，竟有四十多站。

妻子背著已有倦意而顯得煩躁的女兒坐在公車最後一排，旁邊陸續坐滿下班下課的日本人。我和兒子坐在她們前面的兩人座，窗外街景由灰轉黑，女兒軟倒在妻子身上，倦膩地直討奶嘴，偏偏妻子沒帶，女兒幾近崩潰。我卻不能像在家裡那樣威嚇她，怕她湧到邊緣的哭聲瞬間傾瀉。

那些站名串起來便是條歷史甬道，北野天滿宮、大將軍八神社、建勳神社、大德寺、下鴨神社，如果別這麼晚，孩子能沉住性子觀賞建築，這是一條很棒的觀覽路線。雖然到古都旅行，我們的行程卻刻意跳過這些名城古寺，坐錯車彷彿暗示我這整趟旅程都是錯誤。

我很慚愧，眼神在公車與手機螢幕之間挪動，摩擦出焦慮的熱度，幾次停在轉乘點，我急問妻子要不要下車，她向我確認這班車真的會到目的地後，就只是搖搖頭。我想回頭安撫女兒，但連她最黏的妻子都快無力安撫，我根本派不上用場。妻子眼神無奈，在她耳邊低語安撫，遞餅乾給她吃。妻子沒有抱怨，只怕打擾他人，好險後來坐在她旁邊的人紛紛下車，車上的乘客換過好幾輪。

不知道總共耗了多久，停停走走的，時間被切碎拉長。下車後，妻子果然說出我心中那句台詞，「沒關係，出錯也是旅行的樂趣。」即使老哏，卻是這次旅行最真實的一句話，空虛的心瞬間落實。雖然商店即將關門，孩子不再有體力再走往下個行程。出錯後的恐慌確是這幾天以來最強烈的感受，也是我最專注於當下周遭事物的一段時間。

如果旅行是讓人重新認識自己，我才發現我如此淺薄，一下子就掏成一副空殼。而妻子始終如在家裡一般穩重，在她身邊，就有回家的感覺。她有飽滿的體力，全部行程都用背巾背著女兒，緊緊跟隨推著兒子的我。她能冷靜地揪回我們如氣球一般飄蕩不安的情緒。

很難再有一個人旅行的機會，幸好身邊有個比我更好的旅伴。即使這次旅行潦草收束，像坐在輪胎單側破毀的車子上，我被斜震到妻子身上，狼狽不堪。我仍能想像我們未來再跨進不同的風景，我能跟上她的步調，成為更好的伴。

有病

我已經習慣有病，病痛就是逼迫過度勞累的身體休息，我順從身體的訊息，安靜地躺下，讓假日真正像個假日，什麼事都暫時放下。

鼻水一直倒灌進來，阻塞呼吸，在喉嚨深處分支溢流，嗆出洶湧的暗流。用多少衛生紙都無法找到源頭，我以濕黏的衛生紙在枕邊砌一座山，一放上去便浸出汁液，嚴密搭結，散發濛渾的氣息。衛生紙一下子就用完了，我喚妻子拿新的來，她不敢走近，揭開微小的門縫，從門口遠遠地拋擲進來，孩子的聲音跟著撲湧到耳邊，他們推擠拍打門板，不想自己的玩樂存在任何邊界。妻子趕緊把門關上，房裡只剩手機的聲音，手機是我身體剩下唯一能正常運作的部分，我插著電源，持續維持能量。

受不了，頭已經浮脹，意識在池裡晃蕩。我和妻子說我要去看醫生，她正一個人忙碌地應付兩個孩子，幾分鐘前才將氣急敗壞地將偷闖進房裡的孩子拉出來。她嚴肅地和孩子說：「爸爸生病了，所以不可以吵爸爸。」再替我拿來口罩、皮包和鑰匙，陪我走到門口，剛好擋住她身後好奇窺探的孩子。

她明明瞪著我，卻和孩子說話，「爸爸去看醫生，你們不可以去喔！」用力關門，一股汗味飄蕩原地。她一邊陪孩子，一邊偷空鑽進廚房準備午餐，洗衣機在陽台發出和抽油煙機一樣巨大的聲響。

等我拿藥回來之後，他們正在牆上的大圖畫紙上畫圖，妻子隔在兩個孩子的中間，妹妹還是有辦法快手奪走哥哥手上的畫筆，用紊亂的筆觸侵占哥哥畫圖的區域，接下來就越演越烈，最後必然失控哭叫。他們的聲音越飆越高，像一架起飛的直升機，垂掛一條繩梯，妻子無力地勾攀在尾端。

我洗完手，妻子端水給我，替我撕開藥包，我迫不及待地吞落，鼻子被醫生探燈掏挖檢視、噴灌藥劑之後，似乎生出自己的意志，陰暗地朝我低訴它的虛脫與屈辱，連打噴嚏，擠壓全身的力氣嚎喊。

妻子偏開頭，皺緊鼻子，指向房間，「你去躺著休息吧。」我不知不覺昏睡過去，感覺門外的聲音被收納在貝殼裡，像洶湧的浪潮，有時平靜得僅有沙粒在摩擦。直到孩子吃完中餐、刷牙睡覺之後，我才醒來，飯菜已經盛盤放在桌上，旁邊放著另一包藥和水杯。拉開椅子，桌下遺落幾個沒有收拾的玩具，飯菜用外圍冷凝的油脂包覆殘存的溫度，等我替它了結最後一口氣似的。

我吃完藥，躲回房間，一整天意識被溶解得糊糊爛爛的，孩子偶爾偷竄到我身邊，一再被妻子拉走。不記得何時我拿到口罩戴上，手機沒電又重充了好幾回，一直被電線牽纏，像我斷斷續續的睡眠，病始終卡在鼻腔深處。

孩子熟睡的深夜，我走進房間，躺在闔眼的妻子旁邊，伸長手臂摟她，她依舊疲憊地困在睡眠裡，呼吸也拖著重量，我心疼地輕吻她。

妻子瞬間驚醒，用力推開我，瞪大眼睛，複雜的情緒在裡頭翻騰，最後她用最不打擾的氣音歇斯底里地說：「你有病嗎？」

克制不住咳嗽兩聲，孩子因此翻動身體，我趕緊逃出房間。我倒覺得有病很好，有病才能痊癒，如果一直沒病，沒法休息，也始終沒機會痊癒。

爆炸頭

女兒出生之後，甚至都一歲了，頭髮還是很少，我們急壞了，臉書上的女娃紛紛罩上齊劉海、綁花辮，有的還過分奢侈地剪換過好幾次髮型，女兒的頭皮卻依然比頭髮多，雖然有變長，但只有幾個區塊、少少幾條，像沒擦乾淨的鉛筆殘跡。其實也不獨特，路上的老伯都和她有相同的髮型，試圖戴頂可愛的小帽掩蓋奇異的早衰氣質，沒幾分鐘她就會醉漢一般歪頭扯掉，嘴裡的怒氣呼嚕滾動，本來攤散的髮絲虯結成撮，整顆頭尷尬地歪塌一邊。

偶然想起可以翻找我和妻各自的兒時照片，舉證究竟誰是遺傳的戰犯。每每有人在臉書貼出比照圖，常相似到令人驚呼，原來生一個孩子，只是重新在鏡裡照見早已遺忘的自己。看了照片，我才知道我剛出生時頭髮爆量，簡直要從我小小的頭裡轟炸出來，不知道該怎麼抱，才不會覺得是抱著一頭刺悍不馴的獸。妻則是找到一張穿著吊帶褲走在文化中心的照片，頭髮完全和女兒一樣，細軟稀疏，即使蓬鬆，色澤卻全被陽光浸透稀釋，像正大膽地公然裸頭行走。

妻和我詫異地看著照片，互相傳遞了幾遍，眼睛越湊越近，我們都嚇傻了，女兒像一個空白的紙娃娃，撕下妻的髮型，再拼上我的眼睛鼻子，最後貼上妻的嘴唇和下巴，她身上臉上到處都是我們留下的戳記，除了容貌，個性、偏好有更多相似之處。我們是一起拼湊出一個立體的新人物？還是合力縮身翻轉，將舊的印記反摺到背面，又得到重新成長一次的機會？有如電玩遊戲從頭開始，卸除所有繁複的裝備，各項能力指標還原為最低的數值，冒險重新盛大展開。

我原本只記得自己現在的容貌，且日日鬆弛，逐漸衰老失色，越來越懶得記得。因為孩子，我才想起自己童稚時的樣子，再拿著照片問母親，順帶勾連出整串陰濕的回憶。

我們在孩子身上鑿出通往另一道山峰的新路，一回身，卻發現回到過去的隧道隱隱透光，我牽著和自己相像的孩子，重涉那些斑駁的風景，在曾經崩落的石塊再次襲來之前，我能夠早一步拉開孩子，避開所有即將發生、已然發生的錯誤。我身上殘留的傷口，不會複疊到他的身上，我的眼淚也不會偷偷竄進他的眼眶。

在這張照片的畫框之外，我的父親正和剛生產不久的母親住在岳母家，趁母親不注意，悄聲和許多出入家中的親戚借錢，依循俗爛老套的劇情搬演——濫賭幾場，去流連花叢、醉爛如泥，睡在別人的床上，在將來和母親爆發許多關於金錢與女人的爭執。也因為借住在岳母家，又剛新婚不久，還不敢出手、燃放怒火，還能小心翼翼地露出平和的微笑，托抱著柔軟的我。

我牽著孩子走遠那樣的父親，讓他的怒吼與母親的尖厲哭喊虛墜到遙遠的深谷裡。如果還有聲響，我輕輕捂著孩子的耳朵，將我心底不斷湧出的恐懼包裹在微笑底下，不讓孩子覺得奇怪，只讓他的耳朵感受到我手心的熱氣。帶他到陽光底下，沒有任何陰影能蹲進來，讓他耽溺玩樂，專心於任何一顆石頭或昆蟲，專心成為一個天真燦爛的小孩。

我爆發的頭髮沒有被遺傳，但與父親的頭髮極為相似，同樣易汗，油脂輕易就戴滿整頭，必須每天洗頭，又不愛吹頭，只用毛巾隨意擦抹幾下，睡醒之後頭髮在鏡前炸成花火，怎麼壓制都依然壯闊。我小時候常被說和父親相似，尤其是滿頭大汗、頭髮沾黏在一起的時候，但他有看見我嗎？有在我身上看到兒時的他嗎？有和我一樣，試圖牽著孩子走上不一樣的路嗎？他只是繼續向前橫衝直撞，磕碰撲跌，醉醺醺的，一頭亂髮，嘴裡不時爆出髒話。我被留在原地，目睹他漸漸長錯模樣，越來越遠，終於消失。

我雖然常常嘲笑孩子和妻子稀疏的頭髮，但只有我自己遺存爆炸頭或許是好的，頭髮多才麻煩，像養著一頭毛躁的獸，無法控制去向，不時勃然嗷吠，粗野拗強，常不小心刺傷他人。有一些記憶或特質只適合殘留在自己身上，怎樣也無法新生，無法修改，只能深深地扎刺在自己頭上，剪短又重新長長，不斷生長卻毫無進展，徒然令人頹喪。

後來成家生子之後，父親幾次鍥而不舍地來電，我還是沒辦法接起父親的電話，遠遠避開，連發亮的手機都不敢再看，即使無聲，耳朵裡依然轟轟鳴響，原來我還一直站立在他離開我的地方。於是我開始嘗試洗完頭髮後耐心花時間吹乾，把手肘勾彎到奇怪的角度，卻始終很難把後腦吹乾，吹到分不清脖頸間淌流的是汗水還是頭髮上的水，頭皮裡又騰起悶濁的熱氣。但頭髮漸漸不那麼容易爆炸，照鏡時看到更多女兒的容貌，而且生氣或軟弱的時候，我開始能夠溫柔地說話。

開花的樹

下班回家開車經過麵包店，剛好開在路口，停紅燈時看進去，架上空蕩蕩的，只剩一些集中在櫃檯附近。本來四點放學之後，我可以在四點半到這裡搶購剛出爐的奶酥麵包，岳母常提醒我，若來得及就幫她買，她很愛吃。

今天四點半時我剛讓班上放學，月考快到了，最後一節的考卷學生寫到最後打鐘，我強迫他們留下來交換批改，雖然學生哀號不止，有的父母早在門口等，有的要趕去管理嚴格的補習班。他們離開之後，我再仔細檢閱一遍，確認批改狀況，以及分數分布。辦公室的老師一個接一個提包包離開，學校變得安靜。

車再開過保母住的大樓，天色將近全黑，附近黃昏市場的人潮稀稀落落，車子可以順暢無阻地開過。如果五點我已在路上，便可以順路接女兒，不用麻煩妻子。她下班後要買菜做飯，做些家務。想必她今天趕來這買菜，再背著女兒騎機車回家，因為我尚未到家，她趕著做菜時可能一直被黏人的女兒纏住。

記得五點我正檢查到一半，發現考卷殘留作弊的痕跡。改考卷的對錯誤視而不見，一概打勾，憑空拉高許多分數。剛好那兩位學生仍在班上，正若無其事地談天嬉鬧，詢問之後他們承認互相包庇，我再多耗時間告誡勸導。

此時經過我和兒子開車回家時必定看見的公園，那一棵木棉樹的花竟已落盡，昨天明明還開著好幾朵。

之前曾和兒子一起在車上經過盛開的木棉花，他驚嘆的眼神簡直要燒透車窗，所以答應兒子之後帶他來看花。但最近快月考，忙到沒時間去，天色已先趕著將花掩蔽，像急忙收攤的小販。

花是什麼時候掉光的呢？可能是傍晚五點多時那陣風雨害的。

那時，我正撥電話給其中一個學生的家長，風雨聲突然就捲進話筒裡，我順手把窗戶關上。家長最後只簡單回答：「我知道了，但是老師，可不可以讓他早點回家，我已經在樓下等半小時了。」掛掉電話之後，發現另一個學生家長的未接來電，正想回撥，辦公室的分機響起，學務主任激動地說：「老師！學生家長在外面等太久，直接來我們這裡找學生，可不可以請老師提前通知家長，不然造成大家困擾。」電話裡聽得見家長怒罵的聲音，垂頭站在我身旁的學生似乎聽見了，抬起頭，露出隱微的笑意。

道歉之後，我趕緊讓學生離開，暴雨不知何時結束，只剩屋簷偶爾滾墜的水滴。

我以為我正絢爛盛放，其實只是催謝自己。

車終於開到岳母家了，已過六點多，兒子坐在地上發呆，玩具散亂在身邊，看來是玩累了，他見到我便哀嘆：「今天又不能去看花了！」岳母坐在椅子上聽廣播，等我進門，起身準備去附近的小學走操場，穿上護膝，握著機車鑰匙，跟我們一起出門。她沒抱怨我太晚來，也不需要我解釋，只說她慣說的話：「我一天沒運動可不行。」平時她可以五點出門運動，回來再準備晚餐，但今天桌上已擺好晚餐，繚繞些許熱煙。

妻子打電話問我怎麼還沒回家，飯菜都冷掉了，女兒搶著要拿話筒，正在生氣地哭叫。電話撞來撞去，最後草率地掛掉了。雖然該立刻回家吃飯，我仍決定帶兒子去公園走走。

他到公園之後看不到花樹盛開的景象，在小小的公園繞好幾圈，抬頭環視，嘴裡念著：「不是這棵！」「也不是這棵！」我知道那棵樹在哪，花全凋零了，沒有葉子，地上連一朵花都找不到。他最後生氣地甩開我的手，我愣在原地，深怕他會轉頭看向我，用看著一棵枯木的眼神對我說：「我的爸爸不是這個爸爸！」

但他只是蹲在地上，想找花的蹤跡，卻找不到，垂下頭，像一棵萎謝的小樹。

家人們明明託付很多責任在我身上，當我無力達成，顧全男人的面子，她們拙劣地隱藏心中的失望。妻子眼裡常有怨懟，卻刻意避開我，將怨言硬生生含在嘴裡，為我做每一件事都像用盡最後一絲力氣。岳母也明顯縮減話語，僅存必要的溝通，眉頭和唇線縫得很緊，可能怕怨氣滲出。

雖然貼心，卻讓我坐立難安。我在她們面前只是幻影，她們習慣不被驚動，任何動作都太過張揚，如果我做了些該做的事，會像是個僵直挺起上半身的死屍。她們心中藏著一個更真實而微不足道的我。

只有兒子願意直接在我面前失望，不管我凋謝成什麼模樣，他眼裡的我始終巨大，所以我更不能讓他失望。明年他可能不想再看花了，下次再看或許是他孩子仰頭央求他的時候。此刻錯過花朵的他，能否看見他未來孩子眼底滿開的花朵？

父親應該是一棵四季開花的樹，即使滿目枯槁，心裡有花，就能看到花。我答應他再四處找找，這城市一定還有盛開的木棉花。他站起來，牽住我的手，又長出花朵。

爛泥

有次假日早晨，妻子要離家半天，我得獨自帶兩個孩子，其實也不是帶，吃飯洗澡之類的麻煩事，妻子中午回來接下來做。我只是陪孩子，停止賴床，放下手機，關閉電腦，不能看太久電視，孩子喜歡跟著看，雖然可以長久固定他們的坐姿，但眼力逐漸鬆弛，黏不住勁射而來的光彩，層層剝落。

他們不停在家裡轉移玩樂的陣地，一開始我仍有體力，生疏地和他們一起衝鋒陷陣，練習用他們的語言和他們討論戰術。後來我像隨行攝影師，或是偵察兵，與他們保持距離，在高處，或在轉角的矮牆邊，趕在危難爆發之前，揮手驅離他們。偶爾偷懶，低頭滑手機，他們的聲音漸漸消失，不知是否跟著我的注意力一起滑脫，或是真被刻意壓低。恍然驚覺，放下手機，原來他們只是跑到另一個房間玩。再找到他們，好像是把被吸進時光隧道裡，飛向未來的他們硬抽回來。檢查殘存的線索，沒有哭，沒有爭執，就鬆一口氣，大概沒事，實在怕他們在我沒注意時被毀壞，或毀壞了什麼。

剩下一半的時間，他們已經玩不出什麼花樣，耐心褪盡後，他們的膚色變得透明，看得見情緒在網織的血管裡貫流，兩人稍有拉扯便爆出火花，或是靠在沙發邊上，垂頭坐地，喉間發出要哭不哭的低吟，無故憤怒或哭泣，像動物園裡餓壞的獸。我只得拿出餅乾，按開電視，想再多撐一下。

其實妻子不在家，他們反而變了模樣，不再撒嬌，找不到軟倒的方向，就地扎根挺立，自己決定如何打發時間。平時和妻子在家，他們不黏我，因為我忙自己手上的事，眼神不及處盡成城牆。除非他們犯錯，我才會出聲指責，蹲在他們面前，通常他們會被我嚴厲的臉嚇哭。妻子不在，或許他們覺得只剩他們兩人在家，我依然不存在。如果我注視的眼光逼得太近，他們甚至以為做錯什麼事，隱隱後退與顫抖。

妻子突然打電話回來，緊張地問狀況如何？聽得出來她怕孩子不受控，任性妄為，激怒沒有耐性的我。我說沒事，孩子很乖，玩一陣子了，正在看電視。她略感訝異，「真的？」「怎麼可能？」似乎預期電話撲來洶湧的聲浪，結果風平浪靜，只有卡通歡快的配樂，人物稚嫩的口白。她被電話彼端的某個人叫喚後，趕著掛掉電話。我看看時間，如果再去附近公園晃一圈、溜滑梯，走回家的路上再去便利超商，妻子就該到家，解除我的任務。

平時出門前的預備工作由妻子負責，我只是在不同地點等待——坐在客廳、站在門外、按住電梯。現在提著背包，裝進水壺、濕紙巾、尿布、錢包，腳步動線跟思緒一樣混亂，怕遺漏，還有一些猶豫不決的事，比如說或許騎車比走路方便？好險這時候門口沒有探出一個煩躁催促的我，是孩子迫不及待地貼在紗門邊，臉頰沾上格紋灰塵，幾乎要把門推出軌道。來不及再多想，拿鑰匙，牽孩子出門。

我也不再是我的樣子，體內那個沉睡的父親睜開眼睛、伸伸懶腰，勞動半日，長大了一些。

妻子回家之後，確認家裡真是一副安和的模樣，體力耗盡的我躺在沙發上，抱小孩的手臂痠軟，收撿散落的玩具，腰彎到發疼，眼睛只想閉上，懶得看手機。孩子正在喝剛買回來的多多。妻子明顯感到落寞，她離開之後，家並未崩坍，反而演化出更成熟的秩序。女兒似乎知道她的想法，立刻撲到她身上，黏膩地叫她抱。兒子也湊上去問個不停，問她去哪？中午吃什麼？可不可以餵他吃飯？妻子露出安心的微笑，我鬆一口氣，躲進房間躺在更舒服的床上。

家人就是這樣，回到家後烘軟彼此，互相攪和成一團泥，爛爛的，也很好。

【特別企劃】

世界之妻給丈夫的深情提問

【特別企劃】

世界之妻給丈夫的深情提問

問：細讀書的第一部「她」，令人對作家滿是好奇……為人夫及人父的你，從「妻子」視角，看透3C世代的疏離丈夫、虛無父親，連女人讀了都以為作者是女人！但是，既能細膩寫出〈雲端的丈夫〉，創作當下理應經過一番自我省思，那麼，後續一篇又一篇的寫作靈感究竟從何而來？

沈：寫作和生活是兩個世界啊，就像每年寫生日卡片給妻子，裡面寫過多少承諾和感謝，到了面對面僵持著，無可逃躲的時刻，還是必須擠壓衝撞的。生活畢竟不是文字，不再能躲進另一種身分，即使曾經拿這些文字痛砸那個被我旁觀的我，離開電腦，我也只是個被生活的各種鍵盤無情敲打的男人。

雖然我書寫生活，但我也同時被生活書寫，實在沒辦法預料我將在生活未知的敘事裡扭曲成什麼模樣呀！每個人在每一天一樣都被良心與遷就拉扯，在現實的水面載浮載沉。不就像那句話，「婚後的男人只剩一張嘴。」其實會嘴還贏過我只會寫會想而已呢，或許我太習慣躲在妻子的眼裡，失去自我，當作只是旁觀他人的頹廢。

問：當你完成一篇文章，會先給妻子看嗎？妻子讀完了，做何反應？

沈：妻子一定是我第一個讀者。每次半夜寫完，傳到她看得到的地方之後，到床上睡，她常常已經熟睡，閉眼前期待她在我睡著之後的某個片刻開始閱讀。我睡醒之後，也不主動問，她常常在某個家事的夾縫間，突然拋出評價。我很喜歡這種彷彿把紙條掖在掌心，趁錯身時以俐落手勢祕密交遞的感覺。她不是很文學的人，所以每次如果評價不好，我都把她拐進文學的密林裡，替她指出一條神祕的路徑。但事後都能證明，她的感覺很準，我很需要這種直接的感覺，因為我已經習慣間接透過文字去感覺。

可是奇妙的是，寫起她的事，她常常只給我一些線索，或完全由我側面觀察，我卻能準確地寫出她隱密的感受。即使她完全可以將這些文字變成我的牽繩，擺主人的姿態拽我前進，可是她都能客觀分析優劣，將自己縮小，「你寫中了很多女人的心聲。」頂多她說：「可見你也是知道的嘛。」經過長久的互動磨合，她向來不會逼著我做什麼，我想她知道我的心又深又軟，我還在裡面鑽爬不到出口的時候，她就像在遊戲場外圍，滑手機等孩子玩完的母親。

問：「老公吃完飯，碗丟著就去上大號，我知道他想躲。」〈不滿〉寫活了男人成為父親後與廁所的「親密關係」，更有研究顯示小孩越多，做爸爸的坐馬桶時間越長。在寫這篇時，你曾想過嗎：到底為什麼廁所對男人這麼重要？

沈：不只男人吧！我也聽說有些媽媽會延長洗澡的時間，在水氣氤氳裡追劇啊！廁所是唯一可以理直氣壯地關門的地方了，尤其大號臭氣熏天，為了保衛大家的嗅覺，才必須密閉不使味道外洩。不然孩子哪裡都要入侵，他們急著展示，急著得到下一個答案，我最近總是戴上耳機，他們還是搶來我面前重複發言，直到我回應為止。

而且願意躲進廁所裡和髒污的便溺為伴，不就是代表我願意擁抱自己的醜陋嗎？我就是想躲，我就是想暫時當個不負責任的父親。在馬桶上手機玩久了，也只是漸漸不覺其臭，不管被怎樣嘲弄、催促，等到自己又能在孩子面前恢復活力，不再對他們感到煩躁，就完全遺忘那些不堪了。

問：回看第一部，你自覺哪一篇是身為丈夫最過分的行為？

沈：最過分應該就是挑妻子的毛病了吧，她很少明說，但她曾跟我談過這是她最受不了的，帶給她很大的壓力。因為她已經在擁擠的時間裡試圖盡力做好，呈現在我面前的是她全身殘餘的精魄，如果還要被嫌，簡直是把她碎進廚餘桶了。可能當老師當習慣了吧，什麼都要評價，即時回饋，缺陷必須指正，總覺得自己會做得比她好。我知道，我可能只是怕同樣是老師的妻子評價我，怕她眼神裡的疲憊一怒之下將所有事物都揉縐，我才盛氣凌人地衝在她面前吧。

問：散文的第二部「他」，猶如雲端丈夫的答辯書，從〈玫瑰之夜〉文中「真正的父親並不會讓家人陷入恐懼」，我們嗅到了男人的另一重「人子」身分對他的影響。而你怎麼去形容你的父親，以及你和他的關係？

沈：其實在書裡寫到很多了。一直以來對他常是用鼻子輕嗤一聲，不多提也不多想，畢竟他已被許多人重重醜化過了。但當他被寫進我筆下，才知道他不只是個缺席的人，他持續在我心裡挖洞。他為什麼總是可以在我面前理所當然地當一個「父親」？當我看見他只是一道黑洞？他如何那麼有自信地持續號令一個已經背叛他的將領？當我越為了沒做到身為兒子該做的事而感到絲絲慚愧，我就能更毫無愧疚地遺忘他。因為他，因為孩子出生，讓我更焦急地刪改、重建、尋找父親的形象。他可能不知道，父親的路很長，至此雖還不大有自信，但我已比他厚實，他只是我腳下故去的薄影。

問：由這本書感受到原生家庭的經驗，使你在與妻小的貼近與疏遠之間，不斷拉扯。在〈冷血〉中，你描述母親：「她其實是這樣的人，像列車在地底繁忙鑽竄，地面上卻一點震動也沒有。」母親給你愛，但又常說「這不是理所當然該做的」。母子關係，在你成為父親之後，起了什麼作用？

沈：我的原生家庭裡把我養大，像烤膨一個海綿蛋糕，內部撐開了許多氣縫，填不滿的空洞，相信不只是單親家庭，每個家庭都會有如此狀況。我不怪責什麼，生活總是把人磨折成無法想像的模樣，那些洶湧的話語，可能也只是情緒的餘沫，浮薄的氣泡。

小時候，這樣並非理所當然的愛被我認為理所當然，我的養育被丟成一顆球，她只是牢牢接住而已。等到我有了自己的家庭，我知道愛和養育當然是理所當然的，理所當然的還有更多，孩子們一件一件向我索討了，我都會大方地給，且不求回報。未來對母親，也得學著像對孩子一樣，穿過空洞與浪潮，一同向前漂行在完璧如鏡的湖面上。

問：你的兩個小孩都還是稚兒，多年後當他們長到了能讀這本散文集的年紀，你希望藉由這本書，告訴他們什麼？

沈：我最近在我和妻子共同經營的粉絲專頁上，為我的散文收錄到年度散文選裡寫了一段話，剛好可以回答這個問題。

在很多人會看的，很多作家聚在一起的書裡面放了孩子的照片，然後帶孩子到書店裡，翻開架上的書，「咦？爸爸跟你在書裡面耶！」孩子露出奇異興奮的目光，但沒幾秒就拉著媽媽跑去童書區，只剩我一個人繼續翻著那本書，手指還緊緊插在那一頁。

以後他會在圖書館再次遇到這本書嗎？還是會在家裡重新翻閱這本書呢？他會記得我偷偷把他最精緻的笑容夾在書裡嗎？

他會記得父親曾那樣年輕，卻又那樣憂悒，曾為了他在文字裡苦苦思索一個父親的模樣。

我把書放回架上，仔細對齊下面一整疊的書，像收好一顆重重的心。走到童書區，替他用歡快的語調，念一冊簡單又溫暖的繪本。

問：妻子有意識或不自覺地，協助你完成了第一本創作《雲端的丈夫》，有什麼話想對妻子說？

沈：哈哈，這不就是逼著我要感謝她嗎？她知道的，很多的女人也都知道，我能寫完這本書，正是因為她願意占據筆電之外的世界，容我敗縮到窄小的鍵盤裡，文字始終在同一個螢幕上累加，即使知道文字不能闖出邊框，她還是等，開始會為了我的文字哭泣，為我心疼，或一同感到溫暖，漸漸才相信文字無形的力量。

感謝她過去願意讓我的、孩子的生活一起塞在她擁擠的生活裡，現在我終於能神氣地攤開一冊書，將她的生活全部收進我的文字裡。

或許不只是她，是這世上所有的女人，辛苦的妻子與母親，與我共同完成了這本書。她們的心如繁複的花苞，那麼多瓣，那麼多汗滴釀出曲折的香氣。我和妻子只剝開一些，一定還有更多，希望世上的丈夫們都能聞見妻子心裡那些燦爛馥郁的故事。

國家圖書館預行編目資料

雲端的丈夫／沈信宏著. --初版. --臺北市：
寶瓶文化, 2019.4,
面； 公分. --(island；288)
ISBN 978-986-406-152-5(平裝)

855 108003263

Island 288

雲端的丈夫

作者／沈信宏

發行人／張寶琴
社長兼總編輯／朱亞君
副總編輯／張純玲
資深編輯／丁慧瑋
編輯／林婕伃・周美珊
美術主編／林慧雯
校對／丁慧瑋・劉素芬・林俶萍・沈信宏
營銷部主任／林歆婕 業務專員／林裕翔 企劃專員／李祉萱
財務主任／歐素琪
出版者／寶瓶文化事業股份有限公司
地址／台北市110信義區基隆路一段180號8樓
電話／(02)27494988 傳真／(02)27495072
郵政劃撥／19446403 寶瓶文化事業股份有限公司
印刷廠／世和印製企業有限公司
總經銷／大和書報圖書股份有限公司 電話／(02)89902588
地址／新北市五股工業區五工五路2號 傳真／(02)22997900
E-mail／aquarius@udngroup.com

著作完成日期／二〇一九年二月
初版一刷日期／二〇一九年四月八日

ISBN／978-986-406-152-5
定價／二九〇元

本書榮獲 文化部 MINISTRY OF CULTURE 贊助創作

AQUARIUS 寶瓶文化事業

愛書人卡

感謝您熱心的為我們填寫，
對您的意見，我們會認真的加以參考，
希望寶瓶文化推出的每一本書，都能得到您的肯定與永遠的支持。

系列：Island 288　**書名：雲端的丈夫**

1.姓名：＿＿＿＿＿＿＿＿　性別：□男　□女

2.生日：＿＿年＿＿月＿＿日

3.教育程度：□大學以上　□大學　□專科　□高中、高職　□高中職以下

4.職業：＿＿＿＿＿＿

5.聯絡地址：＿＿＿＿＿＿＿＿＿＿＿＿＿＿＿＿

聯絡電話：＿＿＿＿＿＿＿＿　手機：＿＿＿＿＿＿＿＿

6.E-mail信箱：＿＿＿＿＿＿＿＿＿＿＿＿

□同意　□不同意　免費獲得寶瓶文化叢書訊息

7.購買日期：＿＿年＿＿月＿＿日

8.您得知本書的管道：□報紙／雜誌　□電視／電台　□親友介紹　□逛書店　□網路　□傳單／海報　□廣告　□其他

9.您在哪裡買到本書：□書店，店名＿＿＿＿＿＿　□劃撥　□現場活動　□贈書

□網路購書，網站名稱：＿＿＿＿＿＿　□其他＿＿＿＿＿＿

10.對本書的建議：（請填代號　1.滿意　2.尚可　3.再改進，請提供意見）

內容：＿＿＿＿＿＿＿＿＿＿＿＿

封面：＿＿＿＿＿＿＿＿＿＿＿＿

編排：＿＿＿＿＿＿＿＿＿＿＿＿

其他：＿＿＿＿＿＿＿＿＿＿＿＿

綜合意見：＿＿＿＿＿＿＿＿＿＿＿＿＿＿＿＿＿＿＿＿

11.希望我們未來出版哪一類的書籍：＿＿＿＿＿＿＿＿＿＿＿＿＿＿

讓文字與書寫的聲音大鳴大放

寶瓶文化事業股份有限公司

（請沿此虛線剪下）

廣　告　回　函	
北區郵政管理局登記	
證北台字15345號	
免貼郵票	

寶瓶文化事業股份有限公司 收

110台北市信義區基隆路一段180號8樓

8F,180 KEELUNG RD.,SEC.1,

TAIPEI.(110)TAIWAN R.O.C.

（請沿虛線對折後寄回，或傳真至02-27495072。謝謝）